RLAND

Nikolai Bachnow

Der Schatz der Smaragdenbienen

leiv

Aus dem Russischen von Aljonna und Klaus Möckel
Einbandgestaltung und Illustrationen von Hans-Eberhard Ernst

2. Auflage 2001 Leipzig
Satz und Repro: XYZ-Satzstudio, Naumburg
Druck und Binden: Offizin Andersen Nexö Leipzig
Printed in Germany
ISBN 3-89603-026-4

Erster Teil
Die Brüder Großohr

SCHNIFFS BEOBACHTUNG

Das Wildschweinjunge Schniff rannte eilig den Pfad zur Lichtung entlang. Vor einem Jahr etwa hatten ihm die Säbelzahntiger Mutter und Geschwister umgebracht. Damals war der Kleine sehr unglücklich gewesen, hatte Tag und Nacht geweint. Doch inzwischen hatte er neuen Mut geschöpft. Die bösartigen Räuber waren vom Tapferen Löwen verjagt und bestraft, Schniff selbst aber war ins Rudel einer Tante aufgenommen worden. Dort hatte er sich gut eingelebt.

An diesem Morgen hatte sich Schniff bereits am Bach umgesehen und ein herrliches Schlammbad in der schwarzen Suhle genommen. Nun wollte er dem Rudel hinterher, zur Lichtung, wo alle ein kräftiges Eichelfrühstück erwartete.

Es war noch früh und die Sonne hatte Mühe, die Nebelschleier über dem Gesträuch zu zerteilen. Tautropfen hingen in den Zweigen und Spinnweben kitzelten Schniff an der Nase.

Der Wald lag ruhig da, nur fröhliches Vogelgezwitscher war ringsum zu hören. Doch plötzlich knackte es laut in der Nähe, so als ob jemand auf einen Ast getreten wäre. Gleich darauf ertönten Husten und menschliche Schritte.

Obwohl Schniff noch niemanden sah, duckte er sich ins Gebüsch. Zwar fürchtete er die Menschen weniger als zum Beispiel den Wolf oder eben die raubgierigen Säbelzahntiger, aber man konnte nie wissen. Mitunter waren die Käuer und Zwinkerer doch darauf aus, einen saftigen Braten für die Pfanne zu erjagen.

Die Schritte wurden lauter und zwei Gestalten traten aus dem Dunst. Sie waren kräftig und in eine derbe Kluft gehüllt – es konnten durchaus Jäger oder Fallensteller sein. Und tatsächlich, der Verdacht bestätigte sich. Als die zwei näherkamen, erkannte das Wildschwein sie. Es waren die Brüder Großohr, ziemlich ungehobelte Gesellen. Jedermann in der Gegend wusste über die beiden Bescheid, fürchtete ihre Hinterlist. Vor allem Hasen, Rebhühner und Rehe gingen ihnen aus dem Weg. Auch Schniffs Tante hatte ihre Jungen schon öfter vor den Brüdern gewarnt:

„Wenn ihr denen in die Hände fallt, findet ihr euch schneller am Bratspieß wieder, als die Sonne abends hinter die Bäume rutscht."

Nach solchen Worten hatte Schniff die Sonne abends besonders aufmerksam beobachtet und erschrocken festgestellt, dass der rotgoldene Ball wirklich ruck, zuck! hinter den Bäumen verschwand. Bei seinem Cousin Schnuff, der ein Jahr älter war, hatte er sich dann nach diesem Bratspieß erkundigt. War das ein grässliches Instrument! Ein spitzer Eisenstab, an dem man überm Feuer geröstet wurde! Etwas so Schreckliches mochte sich das Wildschweinjunge gar nicht vorstellen.

Die Brüder Großohr stapften schwer den Weg entlang, ohne auf ihre Umgebung zu achten. Sie schienen einem ganz bestimmten

Ziel zuzustreben. Ihren Namen verdankten sie übrigens ihren wirklich riesigen Hörlöffeln. Das heißt – ein Ohr war bei ihnen normal, unterschied sich in nichts von denen anderer Leute. Das zweite aber war geradezu unförmig. Bill hatte rechts einen Lauscher, groß wie eine Untertasse, Joe links. Daran erkannte man sie schon von weitem.

Schniff verhielt sich mucksmäuschenstill. Er war froh, nicht von den beiden beachtet zu werden, verfolgte aber trotzdem jede ihrer Bewegungen. Was mochten die Brüder vorhaben? Einen Bratspieß, wie ihn Schnuff beschrieben hatte, konnte er zum Glück nicht bei ihnen entdecken. Stattdessen führten sie Rucksäcke, Äxte und Spaten mit sich, wollten vielleicht Bäume fällen oder eine Grube ausheben. Vor allem aber trugen sie jeder einen engmaschigen Käfig auf der Schulter. Ob sie Vögel fangen wollten? Schniff sah genauer hin und bemerkte, dass die Käfige ohne Boden waren. Damit konnte er nun allerdings gar nichts anfangen.

Inzwischen waren die Brüder an ihm vorbeigestapft und entfernten sich in Richtung des dichteren Waldes. Schniff atmete erleichtert auf. Er blieb aber noch ein Weilchen im Versteck. Besser war besser. Erst als Joe und Bill zwischen den Bäumen verschwunden waren, kroch der Frischling aus dem Gebüsch und setzte sich wieder in Trab. Ich muss Schnuff fragen, was das für Käfige sind, die keinen Boden brauchen, nahm er sich vor und beeilte sich, das Rudel einzuholen. Das gelang ihm freilich erst auf der Lichtung. Dort jedoch, angesichts all der wunderbaren Eicheln und Kastanien im Gras, vergaß Schniff die Begegnung mit den Großohr-Brüdern schnell. Er sollte sich erst eine ganze Weile später wieder daran erinnern.

DER PLAN DER GROSSOHR-BRÜDER

Bill und Joe kümmerten sich weder um Wildschweine noch um Hasen, Rehe oder das Vogelgezwitscher in den Zweigen. Sie schritten kräftig aus, in Richtung Südwest, dorthin, wo der Urwald erst richtig begann. Vier Stunden waren sie bereits unterwegs, doch ihnen war klar, dass sie den anstrengendsten Teil ihres Fußmarsches noch vor sich hatten.

„Mir wird langsam warm, wir hätten uns nicht so dick anziehen sollen“, sagte nach einer Weile Joe, der jüngere der beiden, und blieb stehen.

„Du weißt, dass wir uns bei dem, was wir vorhaben, schützen müssen“, erwiderte Bill. „Die Sache könnte sonst böse für uns enden.“

„Stimmt schon, aber bis zum Ziel vergeht noch einige Zeit. Vorausgesetzt, wir sind überhaupt auf dem richtigen Weg.“

Nun verhielt Bill gleichfalls den Schritt.

„Natürlich sind wir auf dem richtigen Weg. Wir sind am Mohnfeld abgebogen, haben den Kupferwald und das Tal der Fragen hinter uns gelassen und waren gerade bei den Dunklen Fichten. Jetzt durchqueren wir noch die Schlucht und folgen dann einfach dem Bach der Gläsernen Fische.“

„Und das alles ergibt sich aus dem Plan, den du Einauge abgenommen hast?“, fragte Joe.

„Aus dem Plan und aus seinem Geschwätz, als er betrunken war. Das habe ich dir doch schon dreimal erzählt. Erst habe ich ihn beim Kartenspiel gewinnen lassen, dann mit Schnaps traktiert. Er ist schon alt und verträgt nicht mehr viel. Als er unterm Tisch lag, habe ich seine Wohnung durchsucht. Er hatte die Karte innen im Kleiderschrank angezweckt.“

„Innen im Schrank? Ganz schön raffiniert“, brummte Joe.

„Nicht raffiniert genug.“ Wie um seinen Triumph noch einmal auszukosten, griff Bill in die Tasche seiner Lederjacke und holte ein vergilbtes Blatt Papier hervor. Er faltete es auseinander und tippte mit der Kuppe seines dicken Zeigefingers erst auf eine blau gezeichnete, dann auf eine rot markierte Stelle.

„Hier an diesem Punkt sind wir ungefähr und dort müssen wir hin. Dort auf dem Hügel liegt der Schatz.“

Joe nahm die Gelegenheit beim Schopf, eine Pause zu machen. Er warf sein Gepäck auf die Erde: einen Sack mit Gerät und Proviant, einen Spaten und den Käfig ohne Boden, über den sich Schniff so gewundert hatte. Dann trat er zu seinem Bruder.

„Und wo ist dieser Bach?“, wollte er wissen.

„Das muss die gestrichelte Linie hier sein. Einauge hat behauptet, er führe direkt zu den Bienen. Nur den Affenhügel muss man noch hinauf.“ Bill schien nun gleichfalls zu einer Pause bereit. Auch er legte seinen Rucksack, Käfig, Spaten und Axt ab.

Sie setzten sich auf einen Baumstamm, der am Boden lag, und Joe holte Proviant aus einem Beutel. In der einen Hand einen Brotkanten, in der anderen eine Blutwurst, biss er kräftig ab. Bill entkorkte eine Weinflasche.

„Na gut, stärken wir uns noch mal, bevor es ernst wird“, sagte er.

„Warum hat Einauge den Schatz eigentlich nicht selber gehoben?“, fragte Joe.

„Warum, warum. Ganz so einfach ist es nun auch wieder nicht. Ich hab es dir ja schon erklärt, die Bienen geben nicht freiwillig heraus, was sie seit altersher bewachen. Sie sind gefährlich, haben bereits mehr als einen Mann totgestochen, der versuchte, das Gold und die Edelsteine auszugraben. Vor langer Zeit muss irgendeine Fee sie beauftragt haben, keinen an die Kostbarkeiten heranzulassen. Man sagt, dass sonst ihr Volk ausstirbt, das letzte der Smaragdenbienen im Zauberland. Einauge hätte es auch fast erwischt. Er ist nur knapp mit dem Leben davongekommen. Durch den ganzen Wald und bis hin zu seinem Haus haben die Bienen ihn verfolgt. Deshalb faselt er zwar dauernd von dem Schatz, hat es bisher aber kein zweites Mal gewagt, sich in den Urwald aufzumachen."

„Der Feigling", sagte Joe. „Dabei könnte er mit dem Gold und den Edelsteinen all seine Schulden bezahlen und sich ein schönes neues Haus bauen."

„Ein Schloss könnte er sich bauen und bis an sein Lebensende in Saus und Braus leben", ergänzte Bill.

„Einen Weinkeller könnte er anlegen und eine Räucherkammer. Ich darf gar nicht an die viele Blutwurst denken, die er für den Schatz bekäme."

„Ach was, Blutwurst", sagte Bill, „den besten Schinken würde er dafür kriegen, den knusprigsten Gänsebraten, die herrlichsten Kuchen und Torten, Wein und Schnaps der teuersten Sorten, alles, was sein Herz begehrt. Aber lassen wir jetzt den Jammerlappen. Wenn wir es ein bisschen geschickt anstellen, gehört all der Reichtum, dem er vergeblich nachgejagt ist, uns. Dann sind wir's, die keine Schulden mehr haben und sich ein Schloss mit einem Weinkeller bauen können. Mit einer Räucherkammer, groß genug, ein Heer Soldaten zu versorgen. Ob diese Smaragdenbienen aussterben oder nicht, kann uns egal sein. Wen interessiert so etwas schon. Die Wissenschaftler in der Smaragdenstadt vielleicht, mit diesem Scheuch an der Spitze, den sie den Weisen nennen, weil er ständig in Büchern liest. Oder den Tapferen Löwen, der sich angeblich für alle Tiere verantwortlich fühlt. Auf keinen Fall aber uns."

„Nein, uns muss das wirklich nicht kümmern", stimmte Joe zu und seine Augen funkelten. „Da wären wir schön dumm. Dann brauchten wir ja diese Gitterhauben nicht, die man sich einfach über den Kopf stülpt. Man sieht alles, auch die Bienen, kann aber nicht von ihnen gestochen werden. Dazu noch unsere dicken Handschuhe und wir sind ganz und gar unverwundbar. So kommen wir bestimmt an den Schatz heran."

„Sag ich doch", erwiderte Bill und faltete den Plan zusammen. „Das Krämerpack aus unserem Dorf, das uns für Glücksspieler und Trunkenbolde hält, wird noch Augen machen." Er nahm einen letzten Schluck aus der bauchigen Flasche, biss noch einmal von der Wurst ab und schob die Karte in die Jacke zurück. Dann erhob er sich und nahm sein Gepäck wieder auf. Sein Bruder tat es ihm gleich. Ihre Ohren, vor allem die beiden großen, leuchteten dunkelrot vor freudiger Erwartung, als sie weitermarschierten.

DIE TROMPETENSCHLUCHT

Nach einer Weile erreichten sie die Schlucht, die Bill erwähnt hatte. Sie zog sich eng und düster zwischen kantigen Felswänden dahin.

„Nicht gerade gemütlich hier“, murrte Joe, „da drin gibt es gewiss wilde Tiere.“

Bills Hand ging zur Axt:

„Wir können uns ja verteidigen. Im übrigen bleibt uns keine Wahl. Um die Felsen herumzulaufen, würde viel zu viel Zeit kosten.“

„Wenigstens ist es hier unten schattig“, erklärte Joe und wischte sich den Schweiß von der Stirn.

Sie umgingen einen Granitblock, der schwarz vor ihnen aufragte, und drangen in die Schlucht ein. An knorrigen Bäumen hingen kürbisartige Früchte. Joe griff nach einer und riss sie ab, um sie auf ihre Essbarkeit zu prüfen. Doch urplötzlich packte ihn eine harte hölzerne Hand am Kragen und hob ihn in die Höhe. Wie eine Fliege im Netz zappelte der Jüngere der Großohr-Brüder mit den Beinen in der Luft.

„Was ist das?“, rief er erschrocken.

„Der Baum hat dich mit seinen Ästen gepackt“, Bill stand vor Staunen und Schreck der Mund offen.

„Was hältst du da unten Maulaffen feil“, rief Joe wütend, „hilf mir lieber!“

Bill zog die Axt aus dem Gürtel und rannte zu seinem Bruder. Er wollte auf die Zweige über seinem Kopf einschlagen, doch bevor er noch dazu kam, erhielt er von einem anderen Ast eine Ohrfeige, die ihn ins Moos schleuderte.

Bill sprang auf, wurde jedoch erneut niedergeworfen. Er hatte keine Chance. Endlich begriff er:

„Das sind Zauberbäume“, schrie er. „So ähnlich wie im Kupferwald. Denen darf man nichts wegnehmen. Lass endlich den Kürbis los.“

Tatsächlich hielt Joe noch immer die Frucht in den Händen. Er klammerte sich regelrecht daran fest. Nun ließ er sie fallen und sofort gab auch der Baum sein Opfer frei.

Joe plumpste wie ein Sack zur Erde, rappelte sich aber schnell wieder auf und rief:

„Das ist ja kreuzgefährlich. Komm bloß weg hier.“

Auch Bill war inzwischen aufgestanden. Er tastete vorsichtig seinen Kopf ab, zum Glück schien alles in Ordnung zu sein. Lediglich ein paar Striemen auf der Wange brannten wie Feuer.

„Nur keine Panik“, brummte er. „Wenn man diese Bäume in Ruhe lässt, tun sie einem nichts, da bin ich mir sicher.“

„Ich ganz und gar nicht. Wer weiß, was hier noch für Überraschungen auf uns lauern. Wir sollten lieber umkehren.“ Joe wollte sofort den Rückzug antreten, doch sein Bruder hielt ihn mit eiserner Faust fest.

„Hiergeblieben. Willst du den Schatz oder nicht? Wer wird sich denn gleich beim ersten Hindernis in die Hose machen?“

„Ich gebe nicht auf“, verteidigte sich Joe. „Wir laufen außen um diese Schlucht herum. Auf eine Stunde mehr oder weniger kommt es nicht an.“

„Das ist mit ein, zwei Stunden nicht getan. Einauge ist damals auch durch die Schlucht gegangen und der war allein. Los jetzt, sei nicht so eine Memme.“

Bill ließ den Bruder los und stapfte weiter. Nach kurzem Zögern folgte ihm Joe. Er wollte auf keinen Fall allein zurückbleiben.

Die Bäume standen nun ganz dicht, verhielten sich aber ruhig. Auch sonst passierte nichts mehr. Am Boden allerdings zeigten sich immer öfter Wasserlachen. Er war schwammig und schwankte.

Eine große Kröte platschte neben ihnen ins Wasser, ein schwarzer Vogel huschte mit keckerndem Gelächter durchs Gebüsch. Bill fuhr zusammen und achtete einen Augenblick lang nicht auf seinen Schritt. Er rutschte aus, stolperte und geriet bis zu den Knien in ein Schlammloch. Fluchend kroch er aus dem Morast.

„Hier ist kein Weiterkommen“, schimpfte er nun selbst. „Versuchen wir es näher an der Felswand. Dort scheint es trockener zu sein.“

An der Felswand versperrte ihnen Dornengestrüpp den Weg, doch dann fanden sie einen von Tieren getretenen Pfad, der in Windungen nach oben führte.

Sie quälten sich mit ihrem Gepäck hinauf und als sich das Dach der Bäume dunkelgrün unter ihnen ausbreitete, sagte Joe zufrieden:

„Jetzt können sie uns mal, diese Biester.“

Da erschallte weiter vorn unvermutet ein Trompetenstoß.

Die Brüder erstarrten. Obwohl das Signal noch immer als Echo von den Felswänden widerhallte, sagte Joe:

„Hast du das gehört?“

„Natürlich. Ich bin doch nicht taub.“

„Da ist jemand in der Schlucht, er bläst Trompete“, stammelte Joe.

Als sollten seine Worte bestätigt werden, schmetterte der Bläser erneut los: Tätä, tätärätä, tä! In das Signal aber fiel diesmal ein zweites Instrument ein: Tätätätä, tätütä und ein drittes blies: Tätä, tütü, tätätä!

Die Brüder standen wie festgenagelt.

„Das ist nicht bloß eine Trompete“, murmelte Bill, „das sind drei oder vier.“

„Ein ganzes Orchester“, ergänzte Joe. „Wie kommen die hierher? Da glaubt man sich allein in dieser verlassenen Gegend und dann so was.“

Immer mehr Trompeten ertönten: helle, dunkle, schrille und gedämpfte. Zu entdecken waren die Bläser allerdings nicht.

„Ob die uns sehen können?“, fragte Joe.

„Keine Ahnung. Verstecken wir uns vorsichtshalber dort hinter dem Felsvorsprung.“

Ein kleines Plateau mit einem Granitblock bot ihnen Deckung und sie spähten nach unten.

„Vielleicht wollen sie uns warnen und den Schatz selber heben“, sagte Joe.

Bill schüttelte den Kopf.

„Das glaubst du doch selber nicht. Dann würden sie bestimmt kein solches Konzert veranstalten. Nein, da steckt etwas anderes dahinter. Ich möchte bloß wissen, was.“

Überraschend, wie die Trompeten zu blasen angefangen hatten, verstummten sie wieder. Die Brüder warteten noch ein Weilchen, dann kamen sie hinter ihrem Stein hervor. Der Pfad führte jetzt steil nach unten und sie starrten misstrauisch ins Baum- und Pflanzengewirr. Immer wieder Ausschau haltend, näherten sie sich Schritt für Schritt einer Biegung. Schließlich befanden sie sich auf einer baumlosen, mit hohem Farnkraut bestandenen Ebene.

Die Farne besaßen große, zu Trichtern geformte Blüten und nun wurde auch klar, wer hier Trompete gespielt hatte. Als wären die beiden Männer erwartet worden, begann das Konzert erneut. Eine lila Blüte fing damit an und blaue, rote, weiße Kelche stimmten ein. Eine rosa Trichterblume schmetterte ihren Fanfarenstoß so laut in Joes linkes Riesenohr, dass er sich vor Schreck auf den Hosenboden setzte. Der Kopf tat ihm weh von diesem Gedröhn.

Dennoch waren die beiden froh, dass sich das Geheimnis auf so natürliche Weise lüftete, und Bill begann sogar zu lachen, was ihm höchst selten passierte. Freilich kam sein Gelächter etwas zu früh. Plötzlich war ein Brausen in der Luft und ganze Wolken von Schmetterlingen senkten sich, die Sonne verdunkelnd, auf die Ebene herab.

Die Schmetterlinge waren wunderbar bunt und viel größer als gewöhnlich. Offenbar von den Trompetenklängen angelockt, stürzten sie sich in Scharen auf die Blüten. Dabei wirbelten sie derart durcheinander, erzeugten ein solches Gesumme und Gesirre, dass sie fast die Trompeten überstimmten. Bill und Joe waren im Nu von ihnen eingehüllt, erstickten nahezu. Sie bekamen die weichen Flügel ins Gesicht, die Fühler in die Augen und die kleineren Exemplare krochen ihnen in den Mund, vor allem aber in die großen Ohren. Hustend und wild um sich schlagend, gelang es ihnen schließlich, ihre Hauben überzustülpen. Dann hockten sie sich halb ohnmächtig auf den Boden und warteten ab.

Nach einer Weile kehrte wieder Ruhe ein. Bill bemerkte, dass die Schmetterlinge alle in die Blüten gekrochen waren. Einer mit leuchtend roten Punkten auf den Flügeln verließ seinen Trichter schon wieder und taumelte trunken davon.

Joe hob seine Haube an und spuckte angeekelt einen kleinen Falter aus.

„Was für ein Viehzeug“, schimpfte er, „sie hätten mich fast umgebracht. Sie haben sich auf uns gestürzt, als wären wir mit Honig bekleckert.“

„Sie haben sich nicht auf uns gestürzt – wir sind ihnen in die Quere gekommen“, sagte Bill. „Wir sollten uns beeilen und diesen Ort verlassen. Die Farne locken die Riesenfalter anscheinend durch ihre Musik an. Die Insekten dürfen sich mit Nektar vollsaugen und nehmen dafür den Blütenstaub für andere Pflanzen mit. Ich vermute, dass in Kürze der nächste Schwarm eintrifft."

Joe raffte sein Gepäck zusammen:

„Bloß das nicht wieder", murrte er und setzte sich in Trab.

Im Laufschritt durcheilten sie die Ebene, die sich zum Glück nicht weit dehnte. Manchmal wuchsen die Farne vereinzelt, manchmal aber auch so dicht, dass sich die beiden mit der Axt einen Weg bahnen mussten. Dann flatterten die Schmetterlinge erschreckt auf und um ihre Köpfe herum.

„Dass ich die Gitterhauben einmal gegen Schmetterlinge einsetzen würde, hätte ich nicht gedacht", brummte Bill.

Sie hatten fast das Ende der Ebene erreicht, als die Farne erneut zu trompeten begannen. Diesmal näherte sich ihnen eine grünlich schimmernde Wolke, von der ein helles Sirren ausging. Joe sagte erstaunt:

„Das sind aber ganz andere Schmetterlinge." Er wollte die Haube abnehmen, um besser sehen zu können, doch sein Bruder hinderte ihn daran.

„Lass das Ding auf, das sind keine Schmetterlinge. Gleich wird unsere Kleidung eine erste Bewährungsprobe bestehen müssen."

Inzwischen war der Schwarm heran und Joe begriff. Bei diesen ungewöhnlich großen Insekten handelte es sich um Bienen. Sie sahen prächtig aus, ihr ganzer Körper war von grünlich schimmerndem Smaragdenstaub bedeckt. Ihre Augen waren goldgelb und der starke Stachel samtig braun.

„Sind das etwa die ...", flüsterte Joe beeindruckt und fast ehrfurchtsvoll.

„Die Smaragdenbienen? Ich hab noch keine gesehen, aber es wäre durchaus möglich. Schau nur, wie groß sie sind."

„Glücklicherweise nicht so groß wie die Schmetterlinge", sagte Joe.

Sie duckten sich, doch die Bienen beachteten sie gar nicht. Während die letzten Falter davonflatterten, verteilten sie sich auf die Trompetenblüten. Gespannt beobachteten die Großohr-Brüder, wie die Bienen nun ihrerseits in die Trichter krochen. Das Fanfarengedröhn hörte sofort auf.

„Sie haben zwar lange Stachel, sehen aber alles in allem gar nicht so gefährlich aus", sagte Joe nun. „Kaum zu glauben, dass die einen Schatz bewachen sollen."

„Einauge hatte jedenfalls großen Respekt vor ihnen."

Die Bienen beschäftigten sich ausgiebig mit dem Blütennektar und die Brüder verließen die Ebene. Kurz darauf hatten sie das Ende der Schlucht erreicht.

„Wenn wir am Ziel angelangt sind, müssen wir vielleicht nur so lange warten, bis die Smaragdenbienen ausschwärmen", überlegte Joe.

Sein Bruder zuckte die Schultern.

„Das wird sich herausstellen", erwiderte er.

DIE BETRUNKENE SPINNE

Gleich hinter der Schlucht begann der Urwald mit seinen gewaltigen Bäumen und meterhohen exotischen Pflanzen. Es war schwülwarm, Insekten umschwirrten die Großohr-Brüder und bunte Vögel schossen über ihre Köpfe hinweg.

„In welche Richtung sollen wir gehen?“, fragte Joe.

„Einfach ein Stück geradeaus“, gab Bill zur Antwort. „Wir müssen den Bach der Gläsernen Fische finden.“

„Aber geradeaus ist der Busch am dichtesten.“

„Ich hatte gehofft, dass hier ein Pfad wäre“, räumte Bill ein. „Halten wir uns erst mal rechts, da kommen wir besser durch. Später werden wir schon sehen.“

Fleißig die Äxte gebrauchend, schoben sich die beiden hintereinander durch das Pflanzengewirr. Bill, der voranging, hätte es um ein Haar mit einer Riesenschlange zu tun bekommen. Sie pendelte schon über seinem Kopf und nur weil Joe einen lauten Schreckensschrei ausstieß, konnte er sich mit einem Sprung vor ihr in Sicherheit bringen. Enttäuscht zog sie sich in die Baumkrone zurück.

„Danke, Kleiner“, sagte Bill anerkennend und klopfte seinem Bruder auf die Schulter.

„Sieht aus, als hätten wir’s hier nicht nur mit Bienen und Schmetterlingen zu tun“, brummte Joe.

„Na wenn schon. Das werden wir alles längst vergessen haben, wenn wir erst im Besitz des Schatzes sind.“

Sie gingen nun vorsichtiger zu Werke, achteten besser auf ihre Umgebung.

Nach einer Weile wurde das Gelände sumpfig und auf einmal

ertönte nicht weit von ihnen ein lautes Geräusch, so als ob jemand ins Wasser gesprungen wäre.

„Dort muss der Bach sein“, rief Bill erfreut.

„Wenn es sich nicht um ein Schlammloch handelt, in dem ein Krokodil lauert“, murrte sein Bruder.

Kurz darauf standen sie am Rand eines dunklen, großen Tümpels. Auf der glatten Oberfläche paddelte, kaninchengroß und von brauner Farbe, ein spinnenartiges Tier herum.

Die Brüder starrten auf den Tümpel mit der großen Spinne und Joe sagte enttäuscht:

„Wie ein Bach sieht das nicht aus.“

„Immerhin Wasser, weit kann er jetzt nicht mehr sein“, erwiderte Bill zuversichtlich.

„Und was schwimmt da? Ein Riesenfloh?“

„So was Ähnliches“, sagte Bill, „aber was geht das uns an. Soll er ruhig ersaufen.“

In diesem Augenblick rief das Tier:

„Ein Floh soll ich sein? Hat man je so eine Frechheit gehört? Ich bin Minni, die braune Spinne, im ganzen Urwald bekannt und gefürchtet. Los, helft mir hier heraus, sonst könnt ihr was erleben.“

Die Brüder, überrascht, begannen zu grinsen.

„Aha, Minni, die braune Spinne, bist du“, spottete Joe. „Da dürfen wir uns wohl geehrt fühlen, deine Bekanntschaft zu machen? Erzähl doch mal, was uns passiert, wenn wir dir weiter beim Ertrinken zugucken.“

„Das wirst du gleich sehen“, schrie die Spinne wütend. Sie paddelte erneut herum und plötzlich sah Bill, dass sie an einem dicken Faden zog, der unter der Wasseroberfläche entlang zum Ufer führte.

„Vorsicht“, rief er und sprang zur Seite. Keinen Augenblick zu

früh, denn schon sauste von einem Baum hinter ihm ein großes Netz herunter, genau auf die Stelle, wo er soeben noch gestanden hatte. Ihn erwischte es nicht, dafür aber Joe, der sich mitsamt Spaten, Axt und Rucksack in den Maschen verstrickte.

„Haha, hahaha“, lachte die Spinne und zappelte auf dem Wasser umher, „hab ich euch erwischt, ihr Schafsköpfe! Ich bin zwar etwas betrunken, weil ich mindestens drei große Nektar-Schmetterlinge verspeist habe, aber für euch reicht’s noch. Na, ihr Großmäuler, was sagt ihr jetzt?“

Joe, der sich verzweifelt aus dem wie mit Stahlfäden gesponnenen Netz zu befreien suchte, fluchte nur. Bill aber packte seine

Axt und schlug auf den dünnen Strick ein, an dem Minni hing. Die Axt jedoch federte zurück, ohne etwas auszurichten. Fast hätte Bill sich noch verletzt.

„Hau nur zu, hau zu", rief die Spinne, „damit erreichst du überhaupt nichts. Als ich noch über Land zog, wollte mal der Eiserne Holzfäller mein Netz kaputtmachen, falls euch sein Name ein Begriff ist. Der hat es genauso wenig geschafft. Wären ihm nicht seine Freunde zu Hilfe gekommen, ein Löwe, der sich der Tapfere nennt, der Weise Scheuch aus der Smaragdenstadt und so eine kleine hinterhältige Katze, gäbe es diese Blechfigur heute nicht mehr." Minni hütete sich allerdings zu verraten, dass sie bei dieser Gelegenheit ihr erstes Netz losgeworden war.

„Immerhin scheinst du mit denen nicht fertig geworden zu sein", höhnte Bill. „Und mit uns wird dir das auch nicht gelingen." Er warf die Axt weg, ergriff den Strick und bemühte sich mit aller Kraft, die Spinne an Land zu ziehen. Aber nicht, um sie zu retten, sondern um ihr die Heimtücke heimzuzahlen.

Minni, die mit den Schmetterlingen wirklich zuviel gärenden Nektar zu sich genommen hatte und deshalb vom Baum in den Tümpel gefallen war, stemmte sich dagegen, fand aber im schlammigen Nass keinen Halt und wurde trotz aller Strampelei ans Ufer gezerrt. Sie schluckte Wasser, musste husten und bekam fast keine Luft mehr. Dennoch spritzte sie ihrem Gegner ganze Schlammfontänen ins Gesicht.

Das Seil freilich lockerte sich bei diesem Kampf und Joe gelang es, das Netz zu öffnen. Mit Mühe kroch er heraus.

„Los, hilf mir, das Vieh festzusetzen", rief Bill.

„Lass sein, vielleicht ist es giftig."

„Und ob ich giftig bin", schrie Minni, „ich lähme euch und saug euch das Blut aus! Ich habe einen langen Stachel."

„Wir tauchen dich unter, dann kannst du die Fische stechen", brüllte Bill.

Joe wollte kein Feigling sein und fasste nun doch mit an. Gemeinsam zerrten sie Minni ans Ufer. Bevor sie die Spinne aber noch packen konnten, ließ die das dünne Seil los und sauste, tropfnass wie sie war, auf Joe zu. Der wich erschrocken aus und auch Bill fuhr zurück.

Er griff nach einem Knüppel am Boden, um Minni den Garaus zu machen, doch das dauerte zu lange. Wie der Blitz schnappte sich die Spinne ihr Netz und rannte damit den Baum hinauf. Die beiden Brüder konnten nur noch hinterhergucken.

„Ihr Hohlköpfe", schrie Minni von oben, „habt ihr wirklich geglaubt, ihr könntet mich fangen? Ihr könnt von Glück reden, dass ich einen Schwips habe, sonst wärt ihr mir bestimmt ins Netz gegangen. Wo kommt ihr überhaupt her und was wollt ihr von uns? Wollt ihr Glasfische angeln? Hoffentlich beißt ihr euch an denen die Zähne aus."

Die Brüder waren ein Stück zurückgetreten. Diese Spinne war zu allem fähig und würde vielleicht einen zweiten Angriff starten.

„Du hast's erraten", rief Bill, „wir wollen Glasfische angeln, aber wir werden sie nicht verspeisen. Wir bringen sie in die Smaragdenstadt, dort werden sie mit Gold aufgewogen."

Joe flüsterte:

„Was erzählst du denn da? Wir wollen doch gar keine Gläsernen Fische fangen."

„Sollen wir etwa verraten, was wir wirklich vorhaben?", entgegnete Bill genauso leise. „Das wäre das Dümmste, was wir tun könnten. Sie soll ruhig annehmen, wir wären hinter den Fischen her."

Die Spinne hatte sich noch weiter auf ihren Baum zurückgezogen und verabschiedete sich mit einer letzten Verwünschung:

„Mit Gold aufwiegen, das fehlte noch", krächzte sie. „Die Wassergeister sollen euch ersäufen, ihr Halunken." Im Schutz einer Asthöhle schickte sie sich an, ihren Rausch und ihre Erschöpfung nach der anstrengenden Paddelei in dem Tümpel auszuschlafen.

„Und in welche Richtung müssen wir gehen, um zu deinen Wassergeistern zu kommen?", rief Bill trotzdem nach oben. Doch er bekam keine Antwort, die Spinne träumte bereits von einem fetten Sumpfhuhn mit Riesenohren, das ihr ins Netz gegangen war.

DER BACH DER GLÄSERNEN FISCHE

Sie beschlossen, um den Tümpel herumzulaufen, und siehe da, hinter einem Vorhang von Lianen zeigte sich endlich das ersehnte Gewässer. Ein breiter, nicht allzu tiefer Bach von graugrüner Färbung. Dennoch konnte man, wenn man nahe ans Ufer trat, bis zum schlammigen Grund blicken.

„Na also“, sagte Bill, „alles verläuft planmäßig, wenn auch ein bisschen umständlicher als gedacht. Der letzte Teil unseres Weges ist jedenfalls klar.“

„Weg? Ich kann keinen entdecken“, nörgelte Joe, „besser wär's, wir hätten ein Boot, das würde uns viel Mühe sparen.“

„Der Gedanke ist gar nicht so dumm“, gab Bill zu. „Ein Boot lässt sich hier zwar bestimmt nicht auftreiben, aber wir haben ja die Äxte mit. Wir könnten ein Floß bauen.“

Gesagt, getan: Dünne Baumstämme und Lianen, um die Stämme zusammenzubinden, waren genug da. Joe hätte zwar lieber eine Pause gemacht, nach seiner Meinung hatten sie heute schon genug geleistet, doch Bill wollte vor Sonnenuntergang noch einen sicheren Rastplatz finden.

„Wir müssen bis zu diesem Affenhügel“, drängte er. „Dort ist bestimmt eine Lichtung und dort hat damals auch Einauge übernachtet. Hier dagegen ist es zu gefährlich. Wir können kein Feuer machen und sind in der Nacht den Angriffen wilder Tiere ausgesetzt.“

Das überzeugte Joe und sie machten sich ans Werk. Als das Floß fertig war, schoben sie es ins Wasser, packten ihre Sachen in die Mitte und bestiegen es dann selbst. Jeder nahm einen kräftigen Stock zum Staken in die Hand. Joe stand hinten, Bill vorn.

Anfangs hatten sie einige Schwierigkeiten, das Gleichgewicht zu halten, denn sie waren diese Art der Fortbewegung nicht gewohnt, doch mit der Zeit kamen sie ganz gut zurecht. Plötzlich tauchte kreischend eine Affenherde in den Baumkronen auf und begann sie mit roten, tomatengroßen Früchten zu bewerfen. Die Früchte klatschten ins Wasser oder aufs Floß, wo sie aufplatzten. Einige trafen auch die Brüder, die sich in ihrer wackligen Lage nur schwer schützen konnten. Es tat nicht weh, aber da die beiden den Geschossen ausweichen wollten, geriet das Floß heftig ins Schwanken. Außerdem verteilte sich eine rötliche Flüssigkeit auf ihrer Kleidung.

„He, ihr Teufel, was soll das, lasst uns in Ruhe", rief Bill.

Doch die Tiere fuhren mit der Bombardierung fort. Ein alter wendiger Affe mit störrischen Haarbüscheln auf dem Kopf tat sich besonders hervor. Von Ast zu Ast schwingend, tauchte er mal

links, mal rechts des Baches, ja sogar direkt über ihnen auf und zielte auch genauer als die anderen.

„Hör auf, du Stoppelkopf“, schrie Bill, „weder mein Bruder noch ich haben dir etwas getan. Im Gegenteil, wir sind als Freunde gekommen.“

„Als Freunde, ihr?“ Der Affe hörte mit Werfen auf, machte einen gewaltigen Satz und hing im nächsten Moment in den Ästen vor ihnen. „Wie ihr ausgerüstet seid, wollt ihr etwas ganz anderes. Wahrscheinlich habt ihr es auf unsere Kinder abgesehen. Ihr wollt sie in eure Käfige sperren und in der Stadt verkaufen.“

„Aber nein“, rief Joe, „bestimmt nicht. Schaut doch her, das sind keine Käfige, sie haben gar keinen Boden!“

Er zeigte es dem Affen.

Die Herde war näher gekommen.

„Und wozu dienen sie dann?“, fragte eine dicke Affenmama misstrauisch. Sie hatte ein kreischendes Baby im Arm und presste es zärtlich an sich.

„Um uns vor den Bie...“, begann Joe, bekam aber von seinem Bruder einen solchen Rippenstoß, dass er fast vom Floß gefallen wäre.

„...vor den Mücken zu schützen“, verbesserte Bill und deutete es an, indem er sich die Haube über den Kopf stülpte.

Die Affen schienen überrascht. So etwas hatten sie noch nie gehört. Joe, der begriff, dass sein Bruder auch hier auf keinen Fall den wirklichen Zweck ihres Unternehmens verraten wollte, schwieg beschämt.

„Aber was wollt ihr bei uns im Urwald?“, beharrte der Stoppelkopf nach einer Weile.

„Wir sind Wissenschaftler“, erwiderte Bill gewichtig. „Der Weise Scheuch aus der Smaragdenstadt schickt uns. Wir sollen die Pflanzen und Tiere studieren. Alles wird in großen Büchern festgehalten, damit es die Leute im ganzen Zauberland erfahren.“

Der Affenmama schien das nicht zu gefallen.

„Wozu soll das gut sein?“, wandte sie ein. „Dann kommen die

Leute nur her, um uns zu begaffen. Sie stören unsere Ruhe und zertrampeln alles.“

„Nein, nein“, rief Bill, „außer uns wird niemand herkommen, das verspreche ich euch. Ihr dürft auch nicht vergessen, dass ihr durch diese Bücher berühmt werdet. Jedermann wird staunen, dass ihr so gut klettern könnt.“

Das wiederum beeindruckte die Affen. Sie hielten sich in der Tat für große Kletterkünstler und wollten durchaus berühmt werden. Sie berieten sich leise.

Bill beschloss, die Gelegenheit zu nutzen.

„Weil wir schon dabei sind“, ergänzte er, „wir brauchen für die Nacht einen guten Rastplatz. Ihr kennt euch in dieser Gegend doch aus. Vielleicht könnt ihr uns eine schöne Lichtung empfehlen.“

„Am besten, ihr sucht euch eine sichere Baumkrone“, riet Stoppelkopf.

„Das ist nichts für uns. Im Gegensatz zu euch fällt uns das Klettern leider sehr schwer.“

Die Affenmama war nun etwas zugänglicher. Dass die beiden schlecht klettern konnten, erweckte ihr Mitleid.

„Wenn ihr mit eurem Floß noch ein Stück den Bach hinabfahrt, seht ihr rechts den Hügel, auf dem wir zu Hause sind. Dort könnt ihr übernachten. Es ist genug Platz für euch und euer Gepäck."

Nach diesen Worten wandte sie sich um und turnte, ihr Baby an der Brust, davon. Die Horde folgte ihr lärmend. Wenige Minuten später waren alle Affen im dichten Laub der Bäume verschwunden.

„Das mit den Wissenschaftlern war genial, sie haben es geglaubt", lobte Joe, als die Herde weg war. „Auch an ihre Eitelkeit zu appellieren, war gut. Berühmt werden möchte jeder, sogar diese Affen."

„Trotzdem passt es nicht in meinen Plan, dass sie uns so viel Beachtung schenken", erklärte Bill. „Wie sollen wir da unbemerkt an den Schatz herankommen?"

„Ach, uns wird schon etwas einfallen", entgegnete unbesorgt sein Bruder.

Sie begannen wieder zu staken und ihre Fahrt wurde etwas schneller. Auch der Bach veränderte sein Aussehen: Helle Kiesel lösten am Grund den Schlamm ab und das Wasser wirkte mit einem Mal kristallklar.

„Man könnte direkt ein Bad nehmen", rief Joe.

„Morgen vielleicht. Heute ist es schon zu spät dafür."

Plötzlich war das Floß von einem Schwarm Fische umgeben. Bill bemerkte sie zuerst und hielt im Staken inne. Sie waren handtellergroß, fast rund, hatten einen breiten Schwanz und eine gezackte Rückenflosse. In der untergehenden Sonne schimmerten sie in allen Farben, waren dabei aber fast so durchsichtig wie das Wasser.

„Die berühmten Gläsernen Fische", murmelte Bill.

Nun sah Joe sie ebenfalls. Er legte den Stock weg und hockte sich hin, um sie näher zu betrachten. Schließlich fasste er blitzschnell ins Wasser und hielt im nächsten Augenblick einen der Fische in der Hand.

„Die lassen sich aber leicht fangen“, rief er. Im selben Moment stieß er jedoch einen Schrei aus und öffnete die Faust wieder. Blut lief von seinen Fingern herab. „Verdammt, der hat mich geschnitten. Die scheinen ja wirklich aus Glas zu sein.“

Der Fisch war in den Bach zurückgeschnellt, in den Schwarm aber kam Bewegung. Die Fluten wurden aufgewirbelt und das schwere Floß geriet ins Schwanken.

„Erst die Affen und nun das“, rief Bill, „warum musst du dich mit diesen Fischen anlegen?“

„Ich wollte mir doch bloß mal einen genauer angucken“, verteidigte sich Joe. „Kann ich wissen, dass die so einen Trubel machen?“ Er wickelte ein Taschentuch um seine verletzte Hand.

„Das hast du nun davon. Los, weiter, es wird schon dunkel.“

Sie fingen erneut zu staken an, doch unvermittelt lösten sich von ihrem Floß zwei Stämme. Zugleich hörten sie unter sich ein Scharren und Schaben.

Wie immer, begriff Bill zuerst:

„Wir müssen die Fische vertreiben! Sie zerschneiden die Lianen, mit denen wir die Stämme zusammengebunden haben.“

„Das ist doch nicht möglich“, sagte Joe, verstummte aber gleich wieder, denn diesmal lösten sich auf der anderen Seite zwei Hölzer.

Joe schlug mit dem Stock ins Wasser, Bill stocherte unter dem Floß herum. Dennoch ging das Schaben weiter und nun brach ihr Fahrzeug in der Mitte auseinander.

„Wirf das Gepäck ans Ufer!“, rief Bill noch, doch es war bereits zu spät. Die Teile hielten nicht mehr zusammen und die Brüder rutschten ins Wasser. Bis zur Brust wurden sie nass. Sie konnten von Glück reden, dass der Bach nicht tiefer war.

Die Fische waren weg und die beiden grapschten verzweifelt nach ihrem Gepäck. Triefend schleppten sie das durchnässte Zeug ans Ufer. Bis auf einen Teil des Proviants konnten sie alles retten, trotzdem fluchten sie um die Wette. Bill schimpfte auf seinen Bruder, der ihnen seiner Meinung nach das mit den Fischen eingebrockt hatte, und Joe auf die Fische selbst.

Inzwischen war es dunkel geworden. Obwohl der Affenhügel ganz in der Nähe sein musste, war nicht daran zu denken, ihn jetzt noch zu suchen. Zum Glück entdeckten sie einen freien

Platz zwischen den Bäumen, wo sie Feuer machen konnten. Joes Feuerzeug war durch das unfreiwillige Bad unbrauchbar geworden, aber Bill hatte seine Streichhölzer gerettet. Sie sammelten trockene Äste und bald loderten Flammen auf. So schwül es am Tag auch gewesen war, die Nacht konnte empfindlich kühl werden und einen Schutz vor ungebetenen Raubtieren bot das Feuer allemal.

„Was mir jetzt gut tun würde, wäre ein Schluck aus der Branntweinflasche“, sagte Joe und griff nach einer großen Pulle. Schnaps und Wein hatte er beim Eintauchen in den Bach als erstes gerettet.

Doch Bill nahm ihm die Flasche aus der Hand.

„Den Alkohol rühren wir nicht an, wir werden ihn noch brauchen.“

„Wieso denn?“, fragte Joe ärgerlich. „Für solche Fälle haben wir den Schnaps doch mitgeschleppt. Damit er einen wieder auf die Beine bringt, wenn was schief geht.“

„Du solltest jetzt lieber schlafen. Ich übernehme die erste Wache.“

„Ich kann bestimmt nicht einschlafen, bevor meine Kleider trocken sind. Gib schon her, ich will mich ja nicht besaufen.“

Bill ließ sich breitschlagen und rückte die Flasche heraus. Er achtete aber darauf, dass sein Bruder wirklich nur zwei Schlucke nahm. Er selbst trank ein wenig Wein.

„Du wirst sehen, der Schnaps leistet uns morgen bessere Dienste“, behauptete er.

„Was weg ist, braucht man nicht mehr mitzuschleppen“, erwiderte Joe. Aber er täuschte sich, wenn er glaubte, Bill wolle den Alkohol für sie beide aufheben. Der Bruder war schlau. Er verfolgte andere Ziele und dachte schon jetzt an die Hindernisse, die am nächsten Tag auf sie zukommen würden.

AM AFFENHÜGEL

Aus der Wachablösung wurde nichts. Joe war so erschöpft, dass er bald fest wie ein Murmeltier schlief. Bill versuchte ihn mehrmals zu wecken, gab dieses Vorhaben aber schnell wieder auf. So war wenigstens die Schnapsflasche vor dem Bruder sicher.

Bill legte neues Holz auf, machte sich ein Lager aus Gras und Blättern zurecht und streckte sich darauf aus. Das laute Schnarchen seines Bruders würde bestimmt jedes Tier verscheuchen.

Doch er schlief unruhig und war morgens als Erster auf den Beinen. Hatte Joe die Schnaps- und die Weinflasche gerettet, so Bill vor allem die Karte, die sie beide zum Schatz führen sollte. Er wusch sich im Bach, wo jetzt zwar eine Schildkröte herumpaddelte, aber kein einziger Gläserner Fisch zu sehen war. Dann studierte er Einauges Plan. Als Joe aufwachte, hatte der Bruder aus Brot und einem Stück Speck schon das Frühstück bereitet. Der letzte Zipfel Blutwurst dagegen war im Bach geblieben.

„Wasser zum Frühstück?“, beschwerte sich Joe. „Haben wir etwa deshalb gestern abend auf den Wein verzichtet?“

„Nicht deshalb. Du wirst bald erfahren, wozu wir ihn brauchen.“

Es stellte sich heraus, dass sie ihr Lager ganz in der Nähe des Affenhügels aufgeschlagen hatten. Kaum waren sie ein paar Schritte gegangen, wurden sie von Stoppelkopf mit den Worten begrüßt:

„Wo steckt ihr denn so lange? Wir hatten euch doch geraten, bei uns zu übernachten, weil es hier am besten ist.“

„Schon richtig“, erwiderte Bill. „Aber wir hatten einige Mühe, herzufinden.“

„Ihr seid in den Bach gefallen, stimmt's? Ihr wolltet die Gläsernen Fische aus der Nähe betrachten und sie haben euer Floß zerstört."

„Kann schon sein", murmelte Bill. Joe aber fragte:

„Woher weißt du das?"

„Im Urwald bleibt nichts geheim", entgegnete der Affe.

Am Fuß des Hügels befand sich in einem Felsen eine Mulde. Über die Jahre hin vom Regen ausgewaschen, war sie knöcheltief. Bill entdeckte sie sofort:

„Aha", sagte er erfreut, „da haben wir die Schüssel, die mir fehlte."

„Eine Schüssel?" Joe verstand nicht.

„Für den Schnaps und den Wein. Wir brauchen nur noch etwas Wasser aus dem Bach zu holen."

„Bist du verrückt?", rief Joe. „Du willst doch nicht unsere kostbaren Getränke in diese Mulde schütten!"

„Genau das habe ich vor", erwiderte der ältere Bruder grinsend. „Geh rüber zum Bach und fülle unseren ledernen Proviantbeutel mit Wasser. Für die Mixtur, die ich gleich zusammenrühre, wird es gerade reichen."

Stoppelkopf hatte sich unterdessen zu seiner Horde gesellt, die in einiger Entfernung auf einem Baum saß. Da Joe nach wie vor nichts von den Plänen seines Bruders begriff, flüsterte Bill:

„Wir müssen diese Affen ausschalten, denn sie beobachten jede unserer Bewegungen und werden uns bestimmt Schwierigkeiten machen. Die betrunkene Spinne gestern hat mich auf eine Idee gebracht. Wir werden die Herde da drüben so beschäftigen, dass sie sich nicht mehr um uns kümmert."

„Sie sollen unseren ganzen Schnaps saufen?"

„Wenn wir erst den Schatz haben, können wir uns fünfzig Fässer Branntwein und mehr kaufen", erklärte Bill.

Joe blieb skeptisch, holte aber schließlich das Wasser.

Bill kippte es in die Steinmulde, goss den Wein und den Schnaps dazu und kostete.

„Schade, dass wir keinen Zucker haben“, sagte er, „das würde den Affen noch besser gefallen.“

Joe kostete gleichfalls und protestierte:

„Was willst du denn? Besser könnte das Gesöff gar nicht sein.“ Trotzdem riss er einige birnenähnliche Früchte von einem Strauch, deren süßer Saft ihm schon eher aufgefallen war, und presste sie über der Mulde aus. „Da hast du deinen Zucker“, sagte er.

Bill nahm erneut einen Schluck.

„Genau das fehlte“, rief er, „das wird den Affen schmecken. Sieh mal einer an, was für gute Einfälle du hast.“

Inzwischen war die Horde neugierig näher gekommen.

„Was trinkt ihr da?“, fragte Stoppelkopf.

„Lebenswasser“, erwiderte Bill. „Es gibt Kraft, macht fröhlich und hilft uns bei der Arbeit. Wenn ihr mal kosten wollt ...“

Stoppelkopf ließ sich nicht lange bitten. Mit der Hand schöpfte er vorsichtig etwas aus der Mulde und schleckte es auf. Obwohl er zunächst das Gesicht verzog, schien es ihm zu munden, denn er nahm einen zweiten Schluck.

Nun sprangen auch die anderen Affen heran. Keine fünf Minuten und sie waren alle am Trinken. Auch diejenigen bedienten sich, denen es nicht zu schmecken schien – keiner wollte etwas verpassen.

„Es funktioniert“, sagte Bill leise, „machen wir uns ans Werk.“

Sie griffen nach Axt und Spaten, nahmen die Gitterhauben an sich, ließen das übrige Gepäck aber liegen. Dann stiegen sie hügelan. Als sie etwas später zurückschauten, sahen sie, wie Stoppelkopf torkelnd um den Stein herumlief und zwei seiner

Gefährten kreischend durchs hohe Gras kullerten. Die dicke Affenmama von gestern wiegte ihr Baby mit lautem Singsang hin und her und ein älterer Affe führte auf dem Stein einen wilden Tanz auf.

„Die sind ja schon völlig benebelt", sagte Joe, „die vertragen aber auch gar nichts."

„Genauso hab ich mir das vorgestellt", erwiderte Bill. „Wenn wir zurückkommen, werden sie hoffentlich ganz betrunken sein und ihren Rausch ausschlafen."

Mit einem Mal summte eine große smaragdgrüne Biene über ihre Köpfe hinweg. Joe duckte sich unwillkürlich.

Bill holte erneut Einauges Karte heraus. Er sagte:

„Jetzt kommt es darauf an. Hier, wo der Hügel eingezeichnet ist, steht auch der entscheidende Spruch:

Der Bienen Wache musst du überwinden
Und dann im Grün die blauen Steine finden.
Den größten stürze in die Flut hinein
Und schon sind Miruandas Schätze dein."

„Wer soll denn das sein, Miruanda?", fragte Joe.

„Wahrscheinlich die Fee, von der Einauge gesprochen hat. Er hat es ja nicht geschafft, an den Bienen vorbeizukommen."

„Und was ist mit der Flut gemeint? Sollen wir den Stein etwa hinunter zum Bach schleppen?"

„Das weiß ich noch nicht", erwiderte Bill. „Wenn es sein muss, werden wir auch das tun."

Abermals summte eine der Smaragdenbienen vorbei und Joe sagte unsicher:

„Das sind keine normalen Bienen. Die kommen mir jetzt doch gefährlich vor. Ein paar Stiche und du bist erledigt."

„Red keinen Unsinn", gab Bill entschlossen zur Antwort. „Wir sind gut gerüstet und werden es überstehen. Außerdem ... schau mal, wo die hinfliegen."

Die Biene schwirrte geradenwegs zur Mulde mit dem Getränk.

„Sag bloß, denen schmecken unser Schnaps und unser Wein auch", brummte Joe.

„Die machen den Affen das Gesöff streitig." Bill freute sich. „Das läuft ja noch besser, als ich dachte."

Tatsächlich kamen immer mehr Bienen angeflogen und steuerten den Felsen an. Bald darauf torkelten sie in der Luft herum oder fielen wie tot ins Gras.

„Wenn das kein Zaubertrank ist", rief Bill. „Das sind schon Hunderte. Sie kommen da oben aus dem Gesträuch. Los, setz deine Schutzhaube auf und zieh die Handschuhe an. Hinter diesem Gebüsch muss der Schatz vergraben sein."

Um so viele Bienen wie möglich ausschwärmen zu lassen, warteten sie noch eine Weile, dann näherten sie sich vorsichtig dem Strauch. Am liebsten hätten sie ihn zwar umgangen, doch sie stellten schnell fest, dass er links und rechts an eine Felswand grenzte. Nur in der Mitte, dort wo die Bienen hervorkamen, schien ein Durchgang zu sein.

„Also los jetzt", sagte Bill, „packen wir den Stier bei den Hörnern." Die Axt in der rechten, den Spaten in der linken Hand, drang er energisch in das Gebüsch ein.

Obwohl die meisten Bienen unterwegs und etliche durch das Getränk auch schon außer Gefecht gesetzt waren, stürzten sich noch genug der laut summenden Tiere auf die beiden und als sie sich mit der Axt einen Weg freischlagen wollten, war erst recht der Teufel los. Hunderte von Exemplaren – offenbar das Verteidigungsgeschwader – umschwirrten ihre Köpfe und klebten an den Drahthauben. Die waren freilich so stabil und geräumig, dass die Stacheln abbrachen oder ins Leere trafen.

An anderen Körperteilen reichte die Vermummung dagegen gerade mal aus, das Ärgste abzuhalten. Joe begann wie ein Wilder um sich zu schlagen, als er die ersten Stiche spürte, doch zum Glück ritzten die Stacheln nur seine Haut. Bill wurde gleichfalls gestochen, hieb aber trotzdem unverdrossen eine Schneise frei. Plötzlich entdeckte er am Boden das faustgroße Loch, aus dem die Bienen schlüpften, und setzte seinen Schuh mit der dicken Sohle darauf.

„Los, weiter", rief er seinem Bruder zu, denn der war schon im Begriff, umzukehren. Joe zwängte sich auch sofort an ihm vorbei, stieß jedoch im nächsten Moment einen Schrei aus. Er hatte den Boden unter den Füßen verloren. Brüllend stürzte er in einen Schacht.

Bill hatte keine Zeit zu überlegen. Er wollte über die Öffnung hinwegspringen, doch dahinter war nur Felsen. Also musste dieser Schacht der Zugang zum Schatz sein. Er griff nach einer armdicken Liane, die hineinhing, und ließ sich an ihr abwärts gleiten.

„Wo bist du, Joe, ich komme!"

„Hier", ertönte es dicht unter ihm, „ich hab mir bestimmt alle Knochen gebrochen."

„Wird schon nicht so schlimm sein." Bill ließ das Ende der Pflanze los. Im nächsten Augenblick setzte er federnd neben seinem Bruder auf.

Joe war härter aufgeschlagen, aber trotz seines Gejammers schien auch ihm nichts Ernstliches passiert zu sein. Er richtete sich ächzend auf. Sie befanden sich in einer großen felsigen Höhle, in die durch einige Spalten etwas Licht drang.

„Von dieser Grube findet sich wohl nichts in Einauges Karte", murrte Joe.

„Nein, nichts", erwiderte Bill und hob seinen Spaten auf. Die Axt war oben im Gebüsch liegengeblieben.

Joe dagegen hatte seinen Spaten verloren. Dafür war ihm seine Axt hinterhergepurzelt. Ein Wunder, dass sie ihn beim Aufprall nicht verletzt hatte.

„Wenigstens sind wir die Bienen los", seufzte er. „Einige haben mich an Armen und Beinen erwischt. Das brennt wie Feuer."

Bill gab keine Antwort, sondern sah sich in der Höhle um.

„Wir müssen die blauen Steine finden", sagte er.

„Was denn für blaue Steine?"

„Hast du den Spruch vergessen? ‚Im Grün die blauen Steine', heißt es dort."

„Ich kann aber nichts Blaues entdecken", entgegnete Joe störrisch. „Und auch kein Grün."

Bill musste ihm Recht geben. Alles sah in dem Dämmerlicht hier grau oder braun aus. Er zündete ein Streichholz an und leuchtete. Nachdem er fast die Schachtel aufgebraucht hatte, rief er plötzlich: „Dort, genau über dir!"

Joe schaute nach oben. An der Höhlendecke waren, wie von

Künstlerhand, einige große Smaragden zu einem Kreis gefügt worden und daraus ragten drei Steinspitzen hervor. Sie schimmerten dunkelblau. Die in der Mitte zeichnete sich am deutlichsten ab.

„Das ist es“, brüllte Bill. „Den mittleren Stein müssen wir herausbrechen, dann haben wir's. Ich verstehe zwar immer noch nicht, wie das mit der Flut gemeint ist, aber egal – wir werden es schaffen. Bück dich, damit ich auf deine Schultern steigen kann.“

Nun war auch Joe Feuer und Flamme. Wegen des Schatzes hatte er schließlich alle Strapazen auf sich genommen. Er ging in die Hocke und nahm den Bruder auf die Schultern. Da die Höhle an dieser Stelle nicht hoch war, gelang es Bill, die blauen Steine zu erreichen. Er schlug zunächst vorsichtig mit dem stumpfen Ende der Axt gegen den mittleren.

„Da rührt sich nichts“, stellte er fest.

„Du musst kräftiger schlagen!“

Bill tat es und ein Krachen ertönte. Gleichzeitig zuckte ein blauer Blitz auf, der die Brüder blendete. Vor Schreck kam Joe ins Stolpern und beide fielen hin. Aus der Decke aber löste sich eine grünlich schimmernde Frauengestalt. Sie schien aus Seide gesponnen zu sein, war feingliedrig und von Schleiern umhüllt. Inmitten einer Flut weißen Lichts schwebte sie vor den Brüdern in der Luft.

Bill begriff sofort.

„Das ist die Fee, die über den Schatz wacht“, murmelte er.

Die Gestalt nickte bestätigend:

„Ja, ich bin diese Fee und ich bitte euch sehr, lasst ab von eurem Vorhaben. Lasst dem Wald seine Ruhe.“ Die Sprache der elfenhaften Frau war ein sanfter Gesang.

Joe hatte sich furchtsam hinter seinem Bruder verkrochen. Der aber erkannte, dass ihnen keine Gefahr drohte, und entgegnete:

„Weshalb sollten wir das tun? Nur des Schatzes wegen sind wir in diese Wildnis aufgebrochen.“

„Wer den Schatz raubt, tötet uns. Das Volk der Smaragdenbienen und ich, seine Königin, müssen dann sterben. Auch viele seltene Pflanzen werden zugrunde gehen.“

„Dummes Gerede“, wehrte Bill ab. „Auf ein paar Pflanzen kommt es nicht an. Du willst bloß nichts von deinem Reichtum abgeben. Los, Joe, lass mich auf deine Schultern steigen.“

„Tu’s nicht, ich bitte dich zum letzten Mal. Vor tausend Jahren wollte die böse Hexe Gingema mich und mein Reich vernichten. Nur indem ich uns für ewig in Smaragdenbienen verwandelte, konnte ich mein Volk retten. Der Schatz aber gehört zu uns. Kein Teil darf verlorengehen, wenn nicht alles zerstört werden soll.“

„Ein schönes Märchen.“ Bill hatte den blauen Stein diesmal mit den Händen gepackt und siehe da, er ließ sich bewegen. Es knirschte in der Höhlendecke. Ein Ächzen und Stöhnen war zu hören, als ob ein Mensch verletzt würde, und schließlich – er konnte es selbst nicht glauben – hielt er den Stein in der Hand. Oder war es ein riesiger blauer Diamant? Die beiden kamen nicht dazu, das zu ergründen, denn durch die Öffnung, die entstanden war, brach ein Schwall Wasser herein, warf sie erneut zu Boden. Die Fee aber war verschwunden.

„Die Flut, wirf den Stein in die Flut!“, rief Joe, der bereits völlig durchnässt war.

Der blaue Stein war in eine noch trockene Ecke gerollt. Bill stürzte sich auf ihn und schleuderte ihn mitten ins Wasser, wo er mit einem Knall auseinanderplatzte und sich nun seinerseits in tausend glitzernde bläuliche Wassertropfen auflöste.

Dann brach die hintere Wand der Höhle auf, der Wasserstrom

versiegte und es wurde hell. Auf einer Steinplatte aber stand eine alte Eichentruhe. Bill war als erster bei ihr.

„Der Schatz“, rief er, „wir haben den Schatz gefunden!“ Sein großes rechtes Ohr leuchtete glutrot. Mit einigen gewaltigen Axtschlägen sprengte er das Schloss der Truhe und hob den schweren Deckel hoch.

Wie gebannt starrten beide in die Kiste, aus der es glitzerte und gleißte. Silber, Gold und Diamanten, alles lag beieinander. Die Brüder hoben die Kostbarkeiten hoch und ließen sie wieder zurück in die Truhe rieseln. Unter der Schicht von Münzen und Edelsteinen aber türmten sich herrlicher Schmuck, fein gehämmerte Becher und Pokale, wunderbar ziselierte Schalen und Teller.

Bill holte einen goldenen Krug aus der Tiefe der Kiste und füllte ihn mit Münzen.

„Allein dafür können wir uns einen Palast bauen, größer als das Haus des Bürgermeisters“, sagte er.

„Größer als sein Haus und die Kirche dazu“, übertrumpfte ihn Joe.

Bill versuchte die Truhe anzuheben, doch sie war so schwer, dass er sie nicht mal einen Finger breit zur Seite rücken konnte.

„Fragt sich nur, wie wir den Schatz nach Hause bringen“, überlegte Joe.

„Wir nehmen bloß einen Teil mit, das fällt dann auch nicht so auf. Den Rest vergraben wir.“

„Wo denn? Hier? Dann müssen wir ja später wieder an diesen Bienen vorbei.“

„Die sterben jetzt sowieso“, sagte Bill, „das hast du doch gehört. Außerdem scheint mir, dass sich der Hügel zur anderen Seite hin geöffnet hat. Vielleicht wird der Rückweg dort leichter.“

Sie stritten eine Weile darüber, was sie hier lassen und was sie mitnehmen sollten. Ihre Rucksäcke waren ja bei den Affen geblieben, ebenso der leere Proviantbeutel. Sie konnten nur die Hosen- und Rocktaschen füllen, dazu ihre Schutzhauben, die aber schlecht zu tragen waren. Als Joe bereits alles vollgestopft hatte, musste er die Taschen noch einmal leeren, denn wie sollten sie sonst die Truhe vergraben.

Halb geleert, ließ sich die Truhe endlich bewegen. Da der Boden in der Höhle zu felsig war, schleppten die beiden sie ein Stück den Hügel hinab. Zwischen zwei Zitronenbäumen fanden sie die richtige Stelle. Die Erde war weich und niemand würde hierher gelangen. Joe hatte es eilig wegzukommen, aber Bill drang darauf, die Grube so tief auszuheben, dass die Kiste mit Erde bedeckt war. In wenigen Tagen schon würde Gras über die Stelle wachsen. Bill betrachtete zufrieden sein Werk, doch sein Bruder rannte bereits wieder hügelan. Er hatte nur eins im Sinn: aus der Höhle die Münzen und Edelsteine zu holen, die sie mit nach Hause nehmen wollten.

GEFANGEN IM TURM

Kurz darauf befanden sich die Brüder auf dem Heimweg. Sie hatten an ihren Schutzhauben Trageriemen aus starken Lianen befestigt und konnten so die meisten Schätze huckepack schleppen. Sie stapften den Abhang hinunter, umgingen den Platz mit den betrunkenen Affen und beschwipsten Bienen und stießen sehr bald auf den Bach der Gläsernen Fische. Das nahmen sie wenigstens an, denn er floss genauso klar und träge dahin.

Nach Bills Meinung brauchten sie nun nur stromaufwärts zu laufen, um zur Trompetenschlucht zu gelangen. Sie setzten sich in Marsch, ohne lange zu zögern. Doch ihre Annahme stellte sich nach kurzer Zeit als Irrtum heraus. Die Hügel, die das Tal umgaben, tauchten nicht auf, stattdessen wurde die Gegend ziemlich trostlos. Sand und Steine, Kakteen und Dornenhecken beherrschten das Bild. Die beiden, noch von ihrem Erfolg beflügelt, achteten zunächst nicht darauf. Plötzlich aber blieb Joe mit dem Ärmel an einer Ranke hängen, die ihn gar nicht mehr loslassen wollte. Ärgerlich sagte er:

„Wo sind wir denn hier? Der Bach liegt längst hinter uns und der Urwald ebenfalls, doch es sind keinerlei Trompetenblumen zu hören."

„Die Schlucht muss links von uns liegen", erwiderte Bill. „Hauptsache, wir laufen in der richtigen Richtung."

Joe riss sich von der Ranke los. „Das bezweifle ich ja gerade. Meines Erachtens liegt das Tal rechts."

„Schau doch nach der Sonne", riet Bill. „Sie steht hinter uns im Süden. Das allein ist wichtig, wenn wir nach Norden zu unserem Dorf wollen."

„Die Sonne interessiert mich einen Dreck“, gab Joe ungnädig zur Antwort. „Ich sehe lauter Dornenzeug um mich herum und möchte weg von diesem Ort. Da war mir ja der Urwald mit der Giftspinne lieber.“

Wie um seine Worte zu bestätigen, schnellte eine zweite Ranke über den Weg und krallte sich ihm ins Hosenbein. Eine dritte fiel ihn unvermutet von hinten an.

„He, die leben ja richtig!“, schimpfte Joe. Er wollte sich von den Dornen lösen, doch die verhakten sich immer fester.

Bill sprang hinzu und hackte die Ranken durch. Er hatte seine Axt mitgenommen.

Sie zogen sich von dem gefährlichen Gebüsch zurück und fanden einen Pfad, der an einer Hecke entlangführte. Hier gab es keine Ranken, sondern nur stachlige Zweige. Vor ihnen tauchten einige Erhebungen auf und Bill nahm an, dass es sich um die Hügel der Trompetenschlucht handelte. Aber so eilig die beiden auch dahinstapften, die Felsen kamen nicht näher. Im Gegenteil, nach einer Weile verschwanden sie wieder. Offenbar waren das nur Trugbilder gewesen. Dafür wurde die Hecke links dichter und auch auf der anderen Seite reichten inzwischen undurchdringliche Dornenbüsche an den Weg heran.

Mit einem Mal bog der Pfad fast rechtwinklig ab und endete an einem breiten, mit schlammigem Wasser gefüllten Graben. Jenseits des Grabens aber erhob sich eine Turmruine.

„Hier geht’s nicht weiter“, sagte Bill enttäuscht, „wir müssen umkehren.“

„Umkehren?!“ Joe war nun richtig wütend. „Wohin denn, wir haben doch jede Orientierung verloren. Da liegt ein altes Boot, fahren wir zu dem Turm hinüber und verschaffen uns erst mal einen Überblick. Dort drüben können wir auch eine Rast machen.“

Dieser Vorschlag klang gut und Bill stimmte zu. Mit einiger Mühe zogen sie den Kahn aus dem Schilf. Er sah nicht sehr zuverlässig aus, aber die kurze Strecke zum Turm würden sie schon schaffen. Dennoch prüfte Bill das Boot auf seine Festigkeit, schließlich wollten sie nicht mit all ihren Schätzen ein Bad nehmen wie kürzlich im Bach. Im Wasser selbst entdeckten sie allerdings nur kleinere Fische und manchmal, auf einem Teichrosenblatt, einen großen Frosch. Außerdem gab es ein paar Enten und einen schwarzen Schwan. Auch riesige hässliche Libellen schwirrten durch die Luft.

Sie stießen ab und waren mit kräftigen Ruderschlägen schnell am anderen Ufer. Dicke Ratten huschten zur Seite, als sie den Fuß an Land setzten. Die Turmruine war baumhoch und gleichfalls von Dornengebüsch eingerahmt. Kreischend flatterten Rabenvögel aus den leeren Fensterhöhlen des Bauwerks auf.

„Das ist kein Ort, an dem man länger bleiben möchte“, stellte Bill missmutig fest.

Joe sagte gar nichts. Da die Sonne mittlerweile wieder heftig vom Himmel brannte, war er zufrieden, im Turm etwas Kühle zu finden.

Sie öffneten eine halb verfaulte Tür aus Eichenbohlen und betraten einen leeren muffigen Raum. Eine schmale Wendeltreppe führte nach oben.

„Bleib du hier und pass auf unsere Schätze auf“, sagte Bill, „ich steige da hoch, um Ausschau nach einem geeigneten Weg zu halten.“

„Ich möchte selber sehen, wo wir uns befinden“, widersprach Joe.

„Sollen sich die Ratten an unserem Gold zu schaffen machen? Du kannst ja später nach oben klettern.“

Bill stieg die Treppe hinauf. In halber Höhe entdeckte er zwei

kleine Steinkammern, in denen ein paar Möbel standen. Alles war schmutzig, hier schien jahrelang kein Mensch gewesen zu sein. Dann erreichte er die Plattform des Turmes, die nur noch zur Hälfte erhalten war. Etliche Zinnen fehlten und ein Teil der Mauer war abgebrochen. Er prüfte vorsichtig den Boden und wagte einen ersten Ausblick. Was er sah, stimmte ihn nicht gerade zuversichtlich.

Sie befanden sich in einer Wüstenei, die hinten von einem Sumpf begrenzt wurde. Links und rechts reichte das hohe Dorngestrüpp bis zum Graben und war wohl kaum zu überwinden. Der einzige Weg zum Turm schien tatsächlich der zu sein, auf dem sie gekommen waren. Bill versuchte die Trompetenschlucht oder wenigstens den Urwald ausfindig zu machen, doch vergeblich, alles verschwamm in gleißendem Dunst. Und noch etwas Unangenehmes stellte er fest: Das Boot, mit dem sie übergesetzt waren, trieb jetzt mitten auf dem Graben.

Bill stampfte wütend mit dem Fuß auf.

„Das grenzt ja an Hexerei", fluchte er. Schimpfend kehrte er nach unten zurück, wo Joe ihn bereits ungeduldig erwartete.

„Na, wie sieht's aus?"

„Leider gar nicht gut", murrte Bill. „Ich glaube, wir werden Mühe haben, wieder aus diesen Dornen und diesem Sumpf herauszufinden."

Zweiter Teil
Freunde unterwegs

DER ANGRIFF DER BIENEN

Der Weise Scheuch, wegen des warmen Wetters heute ohne Mütze und Jacke, ging mit seiner Frau, Betty Strubbelhaar, im Schlossgarten spazieren. Er hatte ein Buch in der Hand, denn er wollte ihr etwas über Rosenzucht vorlesen, für die sie sich sehr interessierte. Die beiden waren im Begriff, sich auf einer Bank niederzulassen, als über ihnen ein lautes Summen ertönte. Mehrere Bienen von ungewöhnlicher Schönheit und Größe flogen über sie hinweg auf das Schloss zu.

„Wo kommen die denn her?“, fragte der Scheuch erstaunt. „Solche Bienen sind mir in der Smaragdenstadt und in unserem Park noch nie begegnet.“

„Vor allem, wo fliegen sie hin?“, ergänzte Betty. „Es sieht aus, als wollten sie zu uns. Sie steuern geradenwegs unsere Turmfenster an.“

„Vielleicht überbringen sie Grüße aus dem Tierreich, vom Tapferen Löwen“, vermutete der Scheuch. „Wir sollten ins Schloss zurück, um Näheres zu erfahren.“

„Nein, nein, bleiben wir hier“, erwiderte die Prinzessin. „Sie sind schneller als wir und wenn sie etwas auszurichten haben, werden sie schon herkommen. Wir werden bald wissen, worum es sich handelt.“

Sie setzten sich auf die Bank und der Scheuch schlug sein Buch auf. Nachdem er eine Weile geblättert hatte, fand er die richtige Stelle.

„Das musst du dir unbedingt anhören“, sagte er, „es gibt jetzt ganz neue Methoden bei der Kreuzung verschiedener Blumenarten. Hier steht ...“

Er wollte zu lesen beginnen, da ertönte vom Turm her lautes Geschrei. Ein Fenster wurde zugeschlagen, ein anderes öffnete sich und ein Kammermädchen mit grünem Häubchen schaute entsetzt heraus. Es verschwand aber im nächsten Augenblick wieder und auch dieses Fenster klappte zu. Dann trat gespenstische Stille ein.

„Was war denn das?“, fragte der Scheuch überrascht. Er sprang wieder auf und starrte zum Turm hinüber. Betty Strubbelhaar, genauso verblüfft, erhob sich ebenfalls. Mit einem Mal ertönte erneut das Gesumm der Bienen. Ein ganzer Schwarm kam angesaust und stürzte sich auf die beiden.

Der Scheuch und seine Frau, die einen solchen Angriff nicht erwartet hatten, setzten sich zunächst kaum zur Wehr. Sie versuchten nur, das Gesicht mit den Händen zu schützen, und duckten sich unwillkürlich. Erst als die Insekten keine Ruhe gaben, begann der Scheuch mit dem Buch um sich zu schlagen und

Betty zog als Waffe blitzschnell einen Pantoffel vom Fuß. Zum Glück machten ihnen die Stachel nicht viel aus, denn die beiden waren ja nicht aus Fleisch und Blut.

Dennoch war der Scheuch ärgerlich. Er schrie:

„Was sind denn das für neue Sitten? Ihr kommt in die Smaragdenstadt und greift uns an, als wären wir die schlimmsten Feinde. Was haben wir euch Bienen getan? Ihr seid uns eine Erklärung schuldig."

Die Bienen jedoch gaben keine Erklärung ab, sondern griffen wütend immer wieder an. Sie schienen freilich schon ziemlich erschöpft, taumelten und konnten nicht mehr richtig zustechen. Schließlich fielen sie eine nach der anderen tot zu Boden.

Betty war empört und erschrocken, zugleich taten ihr die Bienen aber auch leid. Sie nahm zwei auf die Hand, streichelte ihren samtgrünen Rücken und murmelte:

„Was ist bloß mit euch los, was seid ihr für kleine dumme Tiere? Kommt hierher, um zu stechen und zu sterben. Wer soll das verstehen?"

Sie waren noch mit den toten Insekten beschäftigt, da kam das Kammermädchen mit dem grünen Häubchen angerannt.

„Ein Unglück, Herr", rief sie schon von weitem, „ein großes Unglück! Mehrere grässliche Bienen haben unseren Minister Din Gior gestochen. Er ist wie gelähmt, kann sich kaum bewegen. Es geht ihm sehr schlecht."

Nun wussten Betty und der Scheuch, weshalb es vorhin im Turm das Geschrei gegeben hatte. Sie waren sehr bestürzt. Alle eilten, so schnell es ging, zu Din Gior. Sie fanden ihn in seinem Zimmer still auf dem Bett liegend, den langen, schlohweißen Bart, den er sonst so pflegte, zerzaust. Auch der Arzt war bereits eingetroffen, er hatte ihm gerade eine Spritze gegeben.

Der Minister konnte kaum den Mund bewegen. Dennoch lispelte er:

„Sie müssen sich geirrt haben. Sie kamen zum Fenster herein und haben einfach zugestochen.“

„Wo war das, hier in deinem Zimmer?“, fragte der Scheuch.

„Nein, nein. In der kleinen Bibliothek, wo auch du dich gern aufhältst“, erwiderte Din.

„Sonderbar“, sagte Betty, „später haben sie dann uns angegriffen. Sie konnten uns zwar nichts anhaben, aber dass sie so zielgerichtet vorgingen, hat bestimmt etwas zu bedeuten. Vielleicht wollten sie in Wirklichkeit nicht dich, sondern meinen Mann treffen.“

„Aber weshalb denn?“, murmelte Din Gior.

„Das weiß ich nicht, doch wir werden es herausfinden“, gab der Scheuch zur Antwort.

Der Arzt mischte sich ein. Er wies darauf hin, dass sein Patient jetzt unbedingt Ruhe brauchte.

„Nur so kann er wieder gesund werden", erklärte er.

Betty versprach, sich persönlich des Kranken anzunehmen. Sie eilte auch sofort in die Küche, um kühle Umschläge gegen die Schwellungen vorzubereiten, die Din Gior von den Stichen an Kopf und Armen davongetragen hatte.

Der Scheuch ging nachdenklich auf sein Zimmer. Um dem Eindringen weiterer Bienen zuvorzukommen, wollte er das Fenster schließen, sah jedoch den Storch Klapp heranflattern. Nicht gerade erfreut über das Auftauchen des geschwätzigen Vogels, rief er:

„Willst du zu mir, Klapp? Das ist ein sehr ungünstiger Zeitpunkt."

„Waren sie etwa schon hier?", fragte der Storch zurück und schlüpfte respektlos am Scheuch vorbei in den Raum.

„Wer soll hier gewesen sein? Wen meinst du?"

„Na, die Smaragdenbienen. Ich bin gekommen, um dich zu warnen. Ich glaube, sie wollten hierher. Sie führen bestimmt nichts Gutes im Schilde."

„Sie waren tatsächlich hier und haben Din Gior verletzt", bestätigte der Scheuch. „Auch die Prinzessin und mich haben sie angegriffen. Doch nun erzähle in Ruhe, was du von diesen Bienen weißt."

Klapp, der auf einem Hocker Platz genommen hatte, ließ sich nicht lange bitten. Den Kopf zur Seite geneigt und ein Bein angezogen, berichtete er, dass er sich am Fluss mit dem Fischer Pet Riva unterhalten hätte, als die Bienen auftauchten.

„Brix, der Biber, war auch dabei", erzählte er, „und ich verriet den beiden gerade einige gute Angelplätze, als sie auf uns zuschwirrten. Im Schwarm und mit wildem Gesumm, so große Bienen habe ich noch nie gesehen. Eine stach Pet ins Ohr, woraufhin

er ganz wütend wurde und einen Zauberspruch gegen sie losließ. Leider hat er dabei etwas verwechselt."

Trotz der ernsten Situation musste der Scheuch lachen.

„Der alte Pet", sagte er, „was hat er denn diesmal durcheinander gebracht?"

„Er wollte die Bienen in Kiesel verwandeln, statt dessen wurden die Fische zu Stein, die wir gefangen hatten. Wir mussten sie sämtlich wegwerfen." Der Storch seufzte missmutig.

„Und was wurde aus den Bienen?"

„Immerhin gab es ein Blitzen und Donnern. Sie erschraken und ließen von uns ab. Sie sind in Richtung Smaragdenstadt geflogen. Deshalb komme ich ja."

„Na gut", sagte der Scheuch. „Du bist zwar zu spät gekommen, aber ich danke dir für deine Absicht, uns zu warnen. Weißt du sonst noch etwas über diese Bienen?“

„Brix behauptet, dass sie tief im Urwald leben. Sie sollen verwunschen und im Grunde ganz harmlos sein. Der Biber meint, jemand müsse sie aufgestört haben.“

„So könnte es sein“, stimmte der Scheuch zu. „Allerdings erklärt das noch nicht, weshalb sie uns hier, in der Smaragdenstadt, angreifen. Wir müssten mehr in Erfahrung bringen.“

Der Storch sah eine Chance, sich auszuzeichnen.

„Ich könnte ja Brix noch ein bisschen ausfragen“, bot er an.

„Ja, das solltest du tun“, sagte der Scheuch, „ich will soviel wie möglich über diese eigenartigen Bienen wissen.“

Der Storch flog davon und der Scheuch suchte Betty Strubbelhaar auf, um ihr zu erzählen, was er erfahren hatte. Nach kurzem Überlegen schlug die Prinzessin vor, den Tapferen Löwen zu befragen.

„Der kennt sich im Urwald am besten aus“, erklärte sie, „er wird uns mehr über die Smaragdenbienen verraten können. Tütü, die Amsel, soll mit einem Brief zu ihm fliegen.“

Tütü startete noch am gleichen Tag. Die drei wussten freilich nicht, dass der Löwe gerade zu einem Besuch ins Menschenland aufgebrochen war, zu Jessica und ihrem Großvater Goodwin. Dort gab es ein tolles Wiedersehen, aber das ist eine andere Geschichte. Tütü jedenfalls traf nur den Elefanten Dickhaut und den Hasen Mümmel an, die beiden Stellvertreter des Löwen. Dennoch erfuhr sie einiges, was den Scheuch sehr nachdenklich stimmen sollte.

EINE HILFSAKTION WIRD EINGELEITET

Dickhaut war im Tierreich besonders für den Urwald zuständig und das Verhalten der Smaragdenbienen verwunderte ihn sehr. Er kannte dieses fleißige Völkchen, das niemandem etwas zu Leide tat, wenn es nicht selbst angegriffen wurde, und wusste auch von der Legende um einen angeblichen Schatz. Zwar hatte noch kein einziges Tier das Gold und die Edelsteine zu sehen bekommen, aber die Bienenkönigin, eine Fee, sollte manchmal am Bach der Gläsernen Fische zu sehen sein. Am besten, er fragte bei den dort lebenden Affen nach.

Dickhaut rief den Affen Stoppelkopf zu sich, der allerdings in keinem guten Zustand war. Bei seinem Alkoholabenteuer vor wenigen Tagen hatte er sich die Stirn aufgeschlagen und den rechten Arm gebrochen. Mit dicken Binden um Kopf und Arm kam er an. Zwei Männer, so erzählte er, angeblich Wissenschaftler aus der Smaragdenstadt, hätten eine hinterhältige List angewandt. Sie hätten alle Bewohner des Affenhügels betrunken gemacht und dann den Goldschatz der Bienen geraubt.

„Also gibt es diesen Goldschatz tatsächlich“, rief Dickhaut.

„Die Bienen schwören, dass er gestohlen wurde. Ihre Königin, die Fee Miruanda, hat sich in der vorigen Nacht gezeigt und mit unserem Anführer gesprochen. Ihr ganzes Volk muss sterben, sagt sie, wenn nicht innerhalb von vierzehn Tagen der Schatz wieder an seinem alten Platz ist.“

Der Elefant dachte nach.

„Wie sahen die Männer aus?“, fragte er. „Und wo könnten sie jetzt sein?“

„Der eine hatte links ein Ohr, groß wie eine Untertasse, der

andere rechts“, erwiderte Stoppelkopf. „Aber sie sind verschwunden und der Schatz mit ihnen. Du kannst dir denken, welche Prügel diese Lumpen beziehen würden, wenn sie uns unter die Finger kämen.“

Dickhaut beriet sich mit dem Hasen und die beiden ließen in allen Winkeln des Reiches nachfragen, ob jemand zwei Männer kenne, mit je einem Ohr, groß wie eine Untertasse. Schon bald kamen die Boten zurück und einer, der im Wildschweinwald gewesen war, brachte die Nachricht mit, dass es sich um die Großohr-Brüder handeln könnte. Ein Frischling hätte am betreffenden Tag sogar beobachtet, wie sie mit Axt, Spaten und Käfigen ohne Boden zum Urwald unterwegs gewesen wären.

Die Großohr-Brüder wohnten in der Nähe des Breiten Flusses und waren als Tunichtgute verschrien. Bei den Tieren galten sie als hinterlistige Fallensteller. Gesehen hatte sie seit jenem Tag am Affenhügel keiner mehr.

Das alles teilte Dickhaut der Amsel Tütü mit, denn einen Brief zu schreiben, fiel ihm schwer. Mit seinem großen Rüssel konnte er nur schlecht Bleistift oder Federhalter führen. Er bat Tütü, dem Weisen Scheuch jedes seiner Worte auszurichten und anzufragen, ob man nicht gemeinsam etwas unternehmen sollte, um den Schatz zurückzuholen.

Inzwischen waren zwei Tage vergangen. Als der Scheuch Dickhauts Botschaft erhielt, zog er durch die Vogelpost sofort Erkundigungen über die Großohr-Brüder ein. Sie waren weder in der schäbigen Hütte am Rand ihres Dorfes noch in ihrem Wirtshaus anzutreffen.

„Die Säbelzahntiger werden sie aufgefressen haben", schimpfte einer ihrer Saufkumpane, ein gewisser Einauge, dem sie angeblich die Karte mit dem Weg zum Affenhügel gestohlen hatten. Aber wenn das mit den Tigern stimmte, hätte es Dickhaut bestimmt gewusst.

Der Scheuch beriet sich ausführlich mit Betty und Din Gior, denn dem ging es Dank der guten Pflege schon wieder viel besser. Wenn die drei auch von den Bienen angegriffen worden waren, so zürnten sie ihnen doch nicht und wollten ihnen unbedingt helfen. Aber wo sollten sie die Großohr-Brüder und damit den Schatz suchen?

„Vielleicht halten sie sich im Violetten Land auf", vermutete der Scheuch, „wir sollten den Eisernen Holzfäller benachrichtigen."

Betty stimmte zu:

„Ja, der Holzfäller sollte so bald wie möglich von dieser Angelegenheit erfahren. Trotzdem glaube ich nicht, dass die beiden im Violetten Land sind. Wahrscheinlich sind sie mit ihrer Beute noch gar nicht weit gekommen."

„Aber dann hätten die Tiere im Urwald sie bestimmt entdeckt", wandte Din Gior ein und strich über seinen langen Bart.

Der Scheuch kratzte sich den Schopf, auf dem ein paar Nadelköpfe hervortraten, so sehr strengte er sein Gehirn an.

„Wer weiß, was dahintersteckt", murmelte er. „Man müsste sich an Ort und Stelle umsehen."

„Heißt das, du willst in den Urwald aufbrechen und dich wieder mal in Gefahr bringen, Herr?", fragte misstrauisch Din Gior.

„Man muss die Spur der Räuber am Ort ihrer Tat aufnehmen, das habe ich erst neulich in einem meiner Bücher gelesen", erwiderte die Strohpuppe.

„Dazu braucht man aber einen guten Fährtenhund“, wandte Betty, gleichfalls beunruhigt, ein.

„Schade, dass wir Ellis Totoschka nicht hier haben.“ Der Scheuch seufzte. „Dieses Hündchen war klug und tapfer, ein guter Kamerad. Möchte überhaupt wissen, wie es ihm geht und ob er noch am Leben ist. Aber was die Fährtensuche betrifft – ein Löwe versteht sich bestimmt auch darauf.“

„Du hast doch von der Amsel gehört, dass der Tapfere Löwe bei Jessica zu Besuch ist“, sagte Betty.

„Wenn ich Klapp bitte, nach Colorado zu fliegen, könnte unser Freund in wenigen Tagen im Urwald sein“, erwiderte der Scheuch.

„Dann ist es also beschlossene Sache?“, fragte Din Gior.

„Den Holzfäller brauchen wir ebenfalls. Seine Axt ist im Dickicht mehr wert als der geraubte Goldschatz“, erklärte der Scheuch und das konnte man durchaus als Antwort nehmen.

„Ich merke, du lässt dich nicht zurückhalten“, seufzte Betty. „Aber da Din Gior wieder auf den Beinen ist und das Regieren übernehmen kann, komme ich auf jeden Fall mit. Rufen wir Tütü, damit sie unsere Botschaft dem Holzfäller überbringt. Ab jetzt dürfen wir keine Zeit mehr verlieren.“

DER LÖWE ALS ARTIST

Den Tapferen Löwen erreichte die Botschaft in einem besonderen Augenblick. Von Jessicas Großvater, der vor Jahren als der Große und Schreckliche Zauberer Goodwin in der Smaragdenstadt regiert hatte, war er über alle Maßen herzlich aufgenommen worden und natürlich hatten sich die beiden eine Menge zu erzählen. Fast war Jessica ein bisschen neidisch gewesen, weil er und der Löwe immer zusammenhockten.

Doch der Löwe hatte sie beruhigt:

„Das musst du verstehen“, sagte er, „von Goodwin habe ich meinen Mut bekommen und er ist schließlich nicht mehr der Jüngste. Du und ich werden bestimmt noch manches Abenteuer miteinander erleben, aber wie oft ich mich noch mit ihm unterhalten kann, ist ungewiss.“

Großvater Goodwin half mit seinen Zaubertricks, die nichts mit der Hexerei im Zauberland zu tun hatten, ab und zu im Zirkus aus und als er eines Tages mit traurigem Gesicht von einer Vorstellung nach Hause kam, dachte der Löwe zunächst, seine Kunststückchen hätten nicht geklappt. Er fragte den Alten vorsichtig danach, doch der winkte ab.

„Nein, nein, alles ist so gut gelaufen wie immer“, erwiderte Goodwin. „Leider ist etwas viel Schlimmeres passiert. Hendrik, unser Schwarzer Panther, ist heute gestorben. Er war ein König in der Manege, sprang durch brennende Reifen, schwang sich auf einer Schaukel durch die Luft und ritt sogar auf einem Pony. Er muss etwas Verdorbenes gefressen haben, denn es ging so schnell, dass der Arzt nicht mehr eingreifen konnte. Nun sind alle furchtbar traurig. Hendrik war bei jedermann beliebt.“

„Und wer tritt an seiner Stelle auf?“, fragte Jessica, die den Panther ebenfalls gern gehabt hatte.

„Das ist es ja, Hendrik ist unersetzlich. Sein Dompteur ist ganz ratlos“, sagte Goodwin.

„Euer Panther in Ehren“, brummte der Tapfere Löwe, „ich glaube schon, dass euch sein Tod sehr bekümmert, aber unersetzlich ist niemand.“

„Das denkst du. Du hast ihn ja nicht gekannt!“

Jessica warf dem Löwen einen schnellen Blick zu.

„Hendrik war wirklich großartig“, murmelte sie. „Ich kenne nur einen, der ihm gleichkommt und ihn sogar übertreffen könnte.“

Goodwin schüttelte den Kopf.

„Wenn es so ein Tier gäbe, hätte der Dompteur es längst gekauft."

„Kaufen lässt sich das Tier, das ich meine, bestimmt nicht." Nun lachte Jessica. „Und ein Dompteur ist im Grunde überflüssig."

„Das will ich meinen", knurrte der Löwe, „ganz und gar überflüssig."

Langsam begriff Goodwin. Er schaute von Jessica zum Tapferen Löwen und vom Löwen zu Jessica.

„Was denn", begann er, „ihr wollt doch nicht sagen, dass ihr, oder besser, dass du ...", sein Blick hakte sich an der großen Katze fest, die sich auf die Hinterbeine gestellt hatte und fröhlich die Tatzen hob.

„Wieviele Vorstellungen habt ihr denn noch?", fragte der Löwe.

„Zwei, nein, drei, dann kann der Direktor ein neues Programm aufstellen."

„Ich halte zwar im Allgemeinen nichts davon, dass man meinesgleichen vor euch hüpfen und tanzen lässt, womöglich noch mit Hilfe der Peitsche", sagte der Löwe, „aber in diesem Fall würde ich eine Ausnahme machen. Euch zuliebe und zu Ehren dieses unglücklichen Schwarzen Panthers."

„Du würdest wirklich bei uns auftreten?", fragte Goodwin.

„Wenn sich der Dompteur mit mir abspricht, würde ich sogar so tun, als gehorchte ich seinen Befehlen", sagte der Löwe großmütig.

„Hurra, er hilft euch aus der Patsche!", rief Jessica.

Und genauso geschah es. Zwar waren noch ein paar Dinge zu klären, – zum Beispiel wäre das Pony unter dem Gewicht des Löwen zusammengebrochen – aber die Hindernisse wurden schnell aus dem Weg geräumt. Statt als Reiter trat der Löwe als Rechenkünstler auf, zählte im Nu 4 x 3 + 6 zusammen.

Die Auftritte vor großem Publikum machten ihm solchen Spaß, dass er mit dem Zirkus am liebsten auf Reisen gegangen wäre.

Es war bei der letzten Vorstellung, als plötzlich der Storch Klapp im Zirkuszelt auftauchte. Er hatte beim Überqueren der Weltumspannenden Berge, die das Zauberland vom Menschenreich trennten, eine beachtliche Leistung vollbracht und sich bis zu Jessica und Goodwin durchgefragt. Vor allem die weitgereisten Schwalben wussten über den Alten und das Mädchen Bescheid, die immer mit einem Löwen spazierengingen.

Klapp stakste zum Eingang herein und flatterte auf das Schutzgitter, das hier im Grunde überflüssig war, den Zuschauern aber die Gefährlichkeit der Raubkatze beweisen sollte. In seiner üblichen Haltung, mit schief gelegtem Kopf, schaute er dem Löwen auf einer hoch schwingenden Schaukel zu. Er war so überrascht von diesem Auftritt, dass er fast seine Botschaft vergaß.

„Was machst du denn für Unsinn?“, fragte er statt einer Begrüßung. „Willst du dir den Hals brechen?“

„Klapp“, rief der Löwe erstaunt, „wie kommst du ins Menschenland?“ Vor Verblüffung wäre er tatsächlich beinahe von der Schaukel gefallen.

„Deinetwegen habe ich die anstrengende Reise gemacht. Der Scheuch braucht deine Hilfe.“

„Das musst du mir genauer erklären. Ich bin gleich mit meiner Nummer fertig.“ Der Löwe machte mit seiner Schaukel einen Überschlag, dass dem Storch ganz schwindlig wurde.

„Wir dürfen aber keine Zeit mehr verlieren“, rief er.

„Was hast du gesagt? Komm auf die Schaukel, dann kann ich dich besser verstehen.“

„Um keinen Preis der Welt setze ich mich auf dieses gefährliche Brett“, protestierte Klapp.

„Es ist nicht gefährlich. Hörst du nicht den Applaus der Zuschauer? Du hast doch bestimmt Artistenblut in deinen Adern."

„Wir Störche sind alle Artisten." Klapp fühlte sich geschmeichelt.

„Dann komm schon her. Ich schwinge nur noch ein bisschen. Oder hast du Angst?"

Das wollte sich Klapp nicht nachreden lassen. Seufzend setzte er zum Flug auf die Schaukel an. Unglücklicherweise verfehlte er aber das schwingende Brett und wurde von ihm am Bauch getroffen. Für einen Moment betäubt, stürzte er zu Boden. Doch bevor er noch aufschlagen konnte, sprang der Löwe von der Schaukel, fing ihn mit den Tatzen auf und setzte ihn auf die Erde.

Das Publikum hielt das Ganze für eine besondere Attraktion und klatschte stürmisch Beifall. Der überraschte Dompteur und der Löwe verbeugten sich. Der Storch, noch wirr im Kopf, knickte mit den Beinen ein, was wie ein Kratzfuß aussah.

Kaum war die Vorstellung zu Ende, kam Jessica herbeigerannt, denn sie hatte Klapp wiedererkannt. Auch der Großvater gesellte sich zu ihnen. Er ahnte, dass es mit dem Storch eine besondere Bewandtnis haben musste.

Klapp erhielt einen Schluck Wasser und kam wieder zu sich. Klappernd berichtete er, was vorgefallen war.

„Die Smaragdenbienen also", sagte der Löwe, „ich weiß nur das Notwendigste über sie. Wie die Bären berichten, sollen sie einen sehr schmackhaften Honig herstellen. Sie leben zwar am äußersten Rand meines Königreiches, gehören eigentlich schon nicht mehr dazu, aber wenn man sie beraubt hat, müssen wir ihnen natürlich helfen. Vor allem, wenn ihnen die Vernichtung droht."

„Der Scheuch sieht das genauso. Er meint, dass ihr euch am Affenhügel treffen solltet", klapperte Klapp.

„Ich muss sofort aufbrechen", rief der Löwe. „In vier Stunden kann ich beim Fluss in den Weltumspannenden Bergen sein. Von dort aus komme ich mit dem Boot der Delphine weiter, die mich an die Grenze des Zauberlandes gebracht haben. Ihr wisst schon, es ist eins der großartigen Boote der Königin vom Muschelmeer."

Bis auf Großvater Goodwin wussten alle Bescheid. Der Alte wandte ein:

„Du wolltest aber bis nächsten Donnerstag bleiben. Die Delphine sind bestimmt noch nicht an der vereinbarten Stelle."

„Das stimmt", gab der Löwe zu. „Klapp soll sich etwas stärken und dann wieder losfliegen. Die Delphine wohnen bei den Klippen in der Nähe der Krokodilinsel. Du erklärst ihnen, weshalb sie mich sofort abholen müssen, Klapp!"

Der Storch hatte keine Lust, schon wieder zu starten, fühlte sich jedoch bei der Ehre gepackt.

„Meinetwegen", erwiderte er, „aber nur, wenn ihr mir eine Riesenportion süßen Maisbrei mit Froschschenkeln oder fetten Schnecken spendiert."

„Das lässt sich machen", bestätigte Goodwin.

Jessica taten zwar die armen Frösche Leid, doch etwas anderes beschäftigte sie mehr.

„Ich war noch nie in einem richtigen Urwald", rief sie, „ich möchte den Löwen begleiten."

Der Löwe brummte:

„Du weißt, wie gern ich dich bei mir habe, aber die Sache ist kein Kinderspiel. Diese Großohr-Brüder scheinen gefährliche Banditen zu sein."

„Bastinda war auch gefährlich", entgegnete das Mädchen, „und wir hätten sie vielleicht nicht so schnell besiegt, wenn mir nicht der Trick mit den Silberschuhen eingefallen wäre."

Das musste der Löwe zugeben. Als es seinerzeit darum gegangen war, gegen die alte Hexe zu kämpfen, hatte sich Jessica hervorragend geschlagen.

Goodwin aber fragte:

„Und wie willst du deinen Eltern beibringen, dass du wieder ins Zauberland möchtest?"

Jessica setzte sich ihm auf den Schoß.

„Du wirst es ihnen schon schmackhaft machen, Großvater. Du brauchst ihnen ja nicht so genau zu sagen, worum es geht."

„Ich werde mich bloß für dich einsetzen, wenn deine Freunde versprechen, auf dich aufzupassen."

Der Löwe legte seine Pranke auf Goodwins Hand.

„Darauf hast du mein Wort."

Auch Klapp klapperte schnell:

„Natürlich passen wir auf sie auf, wir haben Jessica doch immer beschützt."

„Leider bin ich zu alt, um selber mitzukommen", brummte Goodwin, „am schnellsten würde es nämlich mit einem Ballon gehen, wie ich ihn damals hatte. Also meinetwegen, begleite den Löwen, du hast ja noch Ferien."

Jessica fiel ihm um den Hals und dann eilten alle zu Goodwins Haus, um die Reise vorzubereiten. Klapp bekam seinen süßen Mais mit Schnecken, der Löwe verzehrte eine Kalbshaxe, und Jessica, die zu aufgeregt war, um sofort etwas zu essen, packte sich sechs Stullen ein. Wenige Zeit später waren sie auf dem Weg zum Zauberland. Der Storch schwang sich in die Lüfte, um die Delphine zu benachrichtigen, und Jessica winkte vom Rücken des Löwen ihrem Großvater zu, der im Augenwinkel eine Träne zerdrückte.

DER HOLZFÄLLER MACHT SICH AUF DEN WEG

Tütü flog mit einem Röhrchen, das mit einem Bindfaden am Hals befestigt war und in dem eine Botschaft auf feinstem Papier steckte, über Wiesen und Wälder. Manchmal legte sie eine kurze Rast ein, nahm ein paar Körner und einen Schluck Wasser zu sich, doch sie hielt sich nie lange auf. Sie wusste, dass die Zeit drängte. Am Morgen war sie gestartet, am Abend kam sie in der Hauptstadt des Violetten Landes an, wo der Eiserne Holzfäller regierte. Sie flog zum Fenster seines Hauses und klopfte an die Scheibe.

Der Holzfäller saß in seinem Zimmer und ölte seine Gelenke. Das musste er mindestens einmal im Monat tun, damit alles beweglich blieb und nichts einrostete. Diese Tätigkeit erforderte seine ganze Aufmerksamkeit. Deshalb hörte er das Klopfen nicht und schaute gar nicht auf.

Seine Katze dagegen vernahm die Klopfgeräusche sofort. Sie hatte auf dem Balkon vor sich hin gedöst, nun bemerkte sie die Amsel am Fenster und rief:

„He, du komischer Vogel, was machst du da? Mein Herr hat zu tun, siehst du nicht, dass du uns störst?“

„Mia“, erwiderte Tütü erfreut, „erkennst du mich denn nicht?“

Erst jetzt machte die Katze die Augen richtig auf und stieß ein überraschtes Miau aus.

„Ist es die Möglichkeit“, entgegnete sie. „Wenn mich nicht alles täuscht, bist du die Amsel, die dem Scheuch seinerzeit die ersten Nadeln seines Gehirns zurückgebracht hat, als er von der Schlange Lelia überfallen und seiner Weisheit beraubt worden war.“

Tatsächlich hatten diese Nadeln dem Scheuch damals einen Teil seines Gedächtnisses zurückgegeben.

„Genau die bin ich“, sagte Tütü, „und heute komme ich mit einer wichtigen Botschaft zu deinem Herrn.“

Mias erstaunter Ausruf und das Gespräch mit der Amsel ließen den Eisernen Holzfäller endlich aufmerksam werden. Er kam zum Fenster und öffnete es. Die Amsel flatterte ins Zimmer. Auch Mia schlüpfte hinein.

Der Holzfäller erkannte Tütü gleich und sie übergab ihm den Brief. Als er das Schreiben gelesen hatte, schüttelte er ein ums andere Mal den Kopf.

„Was für Halunken es doch gibt“, sagte er. „Natürlich komme ich mit in den Urwald. Sofort, wenn es sein muss. Ich bin gut gerüstet, denn ich habe mich gerade geölt.“

„Und die Regierungsgeschäfte?“, fragte Mia etwas vorwurfsvoll.

„Die können warten. Hermosa wird sich um das Dringendste kümmern.“

Hermosa, die Haushälterin des Holzfällers, war tatkräftig und würde schon zurechtkommen.

„Wenn du nicht zu lange bleibst, wird es gehen“, lenkte Mia nun ein. „Ich werde ihr zur Seite stehen. Oder soll ich lieber dich begleiten?“

„Nein, nein“, wehrte der Eisenmann ab, „pass du nur hier auf.“

Dennoch brachen sie am nächsten Morgen gemeinsam auf. Wenigstens bis zur Grenze wollte die Katze dem Holzfäller Gesellschaft leisten. Mit erhobenem Schwanz schritt sie stolz neben ihm her, lief aber auch oft voraus oder kletterte auf Bäume, um Ausschau zu halten. Einmal, der Weg führte an einem Kornfeld der Zwinkerer vorbei, saß ruhig und ungeniert eine Maus am Rand.

Mia glaubte ihren Augen nicht zu trauen. War dieser kleine Nacktschwanz blind, dass er die Gefahr nicht bemerkte? Das musste bestraft werden. Sie duckte sich, spannte all ihre Muskeln und sprang los. Im gleichen Moment schlüpfte die Maus jedoch zur Seite und erst jetzt bemerkte die Katze den bis dahin vom hohen Gras verdeckten Graben. Vergeblich versuchte sie anzuhalten und platschte mit allen Vieren ins fußhohe Wasser.

„Hab ich mir’s doch gedacht“, sagte die Maus und steckte das Schnäuzchen über den Grabenrand. „Ein paar Wochen älter geworden, aber nichts dazu gelernt.“

Mia spuckte, prustete und kroch ins Trockene. Obwohl sie sich ärgerte, machte sie keinen zweiten Versuch, die Maus zu fangen.

„Du bist es, Larry“, sagte sie säuerlich. „Ich hätte gleich drauf kommen müssen. Keine andere Maus kann so hinterhältig sein.“

Larry Katzenschreck – so nannte sich der Mäuserich, weil er schon vielen Miezen eins ausgewischt hatte – war ein alter Bekannter Mias. Damals, im Kampf gegen Bastindas Schatten, hatten die beiden ein Abkommen zur gegenseitigen Unterstützung geschlossen.

„Nur ein kleiner Scherz“, sagte Larry, „ein bisschen Abkühlung tut dir bei der Hitze doch bestimmt gut.“

Die Katze putzte sich.

„Wenn du meinst ...“ Sie tat gleichgültig.

Larry blieb auf der Hut und hielt Abstand. Das Abkommen von damals hatte nur noch bedingt Gültigkeit.

„Wo wollt ihr denn hin?“, fragte er, denn er hatte den heranstapfenden Holzfäller entdeckt.

„Das werde ich gerade dir auf die Nase binden“, erwiderte Mia schnippisch.

„Na komm, sei nicht sauer. Wenn hier einer etwas übelnehmen könnte, dann bin ich das. Du hast erst kürzlich wieder eine von meinen Nichten gefressen.“

Die Katze überwand sich:

„Mein Herr hilft dem Scheuch im Urwald einen Schatz wiederzufinden“, sagte sie. „Ich begleite ihn nur bis zur Landesgrenze.“

Inzwischen hatte der Eiserne Holzfäller die beiden erreicht. Er begrüßte Larry herzlich.

„Wie geht es dem Mäusevolk?“, erkundigte er sich.

„Danke der Nachfrage. Der Weizen steht gut, das lässt für den Winter hoffen. Allerdings laufen zu viele von Mias Sorte herum. Ich habe schon angeregt, Lehrgänge zur Abwehr aufdringlicher Katzen durchzuführen.“

„Ihr könnt Lehrgänge abhalten, soviel ihr wollt, wir kriegen euch doch“, trumpfte Mia auf.

„Streitet nicht gleich wieder“, sagte der Holzfäller. „Hat Mia dir erzählt, was geschehen ist?“

„Teilweise“, erwiderte Larry. „Der Scheuch und du, ihr sucht einen Schatz.“

„Ja, aber nicht um uns zu bereichern.“ Der Eisenmann erzählte, was er bisher erfahren hatte. Schließlich sagte er: „Da fällt mir übrigens etwas ein. Du hast doch gute unterirdische Verbindungen. Vielleicht könntest du uns helfen, die Großohr-Brüder und den Goldschatz aufzuspüren.“

„Im Urwald kenne ich mich wenig aus“, gab Larry zur Antwort, „aber ich kann ja mal bei den Verwandten dort nachfragen.“

„Wir sind für jeden Hinweis dankbar“, sagte der Holzfäller freundlich.

Mia aber, die das Bad im Graben noch nicht verwunden hatte, fügte hinzu:

„Wie wär’s denn mit einem Ausflug in den Urwald durch deine geschätzte Person selbst? Dort gibt es viele Schlangen und manchmal nennst du dich doch auch Schlangenschreck.“

„Wenn ich meine Verwandten im Urwald fragen will, muss ich sowieso hin“, erwiderte Larry. „Genaue Angaben kann ich nur an Ort und Stelle erhalten.“

EINE BALLONREISE

Unterdessen hatten Betty Strubbelhaar und der Scheuch überlegt, wie sie am schnellsten ins Tierreich zum Elefanten Dickhaut gelangen könnten. Zu Fuß wäre es langwierig und beschwerlich gewesen, also dachten sie an die Staatskarosse, die von sechs Ponys gezogen wurde. Doch dieses Gefährt war für die holprigen Wege im Tierreich nur schlecht geeignet und sie mussten ja auch einige Flüsse überqueren.

„Wenn unser guter Freund, der Drache Oicho, nicht schon so alt und gebrechlich wäre“, seufzte die Prinzessin, „wäre das Ganze kein Problem. Aber ihm können wir so einen Flug unmöglich zumuten.“

„Oicho, das geht wirklich nicht“, stimmte der Scheuch zu, „und leider fehlt uns auch ein fliegender Teppich, wie ihn die Hexe Arachna besaß.“

„Dennoch wäre eine Luftfahrt das Beste. Gab es nicht damals, nachdem Goodwin über die Berge davongeflogen war, ein paar Versuche, seinen Ballon nachzubauen?“

„Die gab es“, bestätigte der Scheuch, „aber diese Versuche brachten nichts. Entweder platzten die Ballons oder sie waren viel zu schwer, um aufsteigen zu können.“

„Mir ist, als hätte ich kürzlich im Geräteraum die Hülle eines solchen Versuchsballons liegen sehen.“ Betty ließ nicht locker.

Der Scheuch kratzte sich den Kopf.

„Das stimmt, der Ballon wurde nie benutzt, weil er ziemlich klein ist und nur ganz leichte Lasten tragen kann.“

„Wir beide sind nicht gerade schwer“, entgegnete seine Frau.

Der Scheuch hatte verstanden. Durch den Torhüter Faramant

und zwei seiner Soldaten ließ er den Ballon ins Freie bringen. Es zeigte sich, dass die Hülle an einigen Stellen geflickt werden musste. Auch die Reserven an leichtem Gas, mit dem sie aufgeblasen wurde, reichten nicht weit. Gerade noch eine Füllung würde zusammenkommen.

Betty war trotzdem optimistisch.

„Das würde genügen“, sagte sie und machte sich sofort selbst an die Arbeit. Sie holte Gummiflicken und einen starken Kleber, dann reparierte sie, gemeinsam mit dem Scheuch, die Hülle. Auch eine kleine Gondel, die ihnen beiden Platz bot, fand sich. Sie brauchte bloß gründlich gesäubert und mit Stricken am Ballon befestigt zu werden.

Der Ballon wurde auf dem Schlossplatz mit dem leichten Gas gefüllt und dieses Ereignis lockte nicht nur das gesamte Personal, sondern auch viele Bewohner der Smaragdenstadt an. Mit Seilen an Pflöcken festgezurrt, schaukelte er schon bald knapp über dem Erdboden. Zum Glück stand der Wind günstig, denn das Gefährt war nicht leicht zu steuern und sie wollten ja nicht in der Wüste oder im Muschelmeer landen.

Nachdem der Scheuch etwas Gepäck und einige kleine Sandsäcke als Ballast eingeladen hatte, die sie abwerfen wollten, wenn der Ballon zu sehr sinken sollte, half er Betty in die Gondel. Er verschränkte die Finger seiner beiden Hände ineinander und formte so eine Stufe, auf die sie ihren Fuß setzen konnte. Er selbst ließ sich beim Einsteigen von Faramant helfen. Dann gab er den Befehl, die Befestigungen zu lösen. Der Ballon hob sich in die Luft und beinahe hätte es noch ein Unglück gegeben, weil Din Gior zu nahe an die Gondel herangetreten war. Sein langer Bart wickelte sich um eins der herabhängenden Seile und als der Minister sich bemühte, das Gewirr zu entflechten, wurde er ein

Stück mitgezerrt. Er konnte sich gerade noch losmachen, bevor es steil in die Höhe ging.

Din Gior plumpste zu Boden, die Menge aber achtete nicht darauf, sondern rief: „Bravo, sie fliegen!“

Betty und der Scheuch winkten den Leuten und auch Din Gior zu, der sich zum Glück unverletzt wieder erhoben hatte. Dann ließen sie den Blick nach allen Seiten gleiten und es war ein wunderbares Gefühl, hoch über der Erde dahinzuschweben. Die Türme und Dächer der Smaragdenstadt schimmerten im Sonnenlicht, die Bäume wiegten sich unter ihnen im Wind, die Menschen waren nur noch daumengroße Zwerge. Unter ihrer blau, rot und gelb gestreiften Kugel schaukelten die beiden dahin und konnten sich nicht satt sehen.

„Schau doch nur, der Gelbe Backsteinweg“, rief Betty und klatschte in die Hände, „er gleicht einer großen Schlange.“

„Sag nicht so was, von großen Schlangen hab ich genug. Guck dir lieber den Fluss an, er glänzt wie reines Silber“, erwiderte der Scheuch.

„Und dort im Schilf liegt Pet Rivas kleine Schaluppe“, sagte Betty. „Wenn ich mir überlege, dass ihr mit der Nussschale des Alten bis zum Muschelmeer gefahren seid, wundere ich mich zu Tode.“

„Wir waren sogar auf dem Meer damit unterwegs“, ergänzte der Scheuch. „Es ging aber nur, weil Charlie das Kommando hatte, der alte Seebär.“

„Ach ja, Käpt’n Charlie“, seufzte Betty, „von ihm haben wir lange nichts gehört.“

„Irgendwann wird er sich schon wieder melden“, erwiderte der Scheuch. „Bestimmt ist er auf allen sieben Meeren der Menschenwelt unterwegs.“

Eine Schwalbe kam angeschwirrt und setzte sich auf den Gondelrand.

„Ihr fliegt aber langsam“, zwitscherte sie, „auf diese Weise werdet ihr nicht einmal die langsamste Mücke erwischen.“

„Wir haben gar nicht die Absicht, Mücken zu fangen“, erklärte der Scheuch.

„Nicht? Warum gondelt ihr dann in der Luft herum?“

„Wir wollen ins Tierreich, zu Dickhaut, dem Elefanten“, sagte die Prinzessin.

„Da werdet ihr noch lange brauchen.“ Die Schwalbe war sehr erstaunt.

„Nicht so lange, als wenn wir zu Fuß gehen würden“, meinte der Scheuch.

„So? Na, das müsst ihr selber wissen. Ich wünsche eine gute Reise.“ Die Schwalbe sauste in elegantem Sturzflug davon.

Die beiden hatten bereits den Kupferwald erreicht, dessen hohe Bäume rotgolden leuchteten und im Wind sirrten. Ein melodisches Geräusch und ein wunderbarer Anblick! Ruhig schwebten sie über den Baumkronen dahin, als Betty unvermittelt rief:

„Der Wipfel dort! Wir treiben gerade auf ihn zu. Seine scharfen Blätter werden den Ballon zerschneiden!“

Der Scheuch zog erst links, dann rechts an den Seilen, um eine Kursänderung zu erreichen, doch das gelang nicht. Drohend ragte die Baumspitze vor ihnen auf.

„Schnell, wirf den Ballast ab“, rief Betty und beförderte ein paar Sandsäcke aus der Gondel. Der Scheuch tat es ihr gleich und im Nu hob sich der Ballon. Sie schafften es gerade noch, über den Wipfel zu kommen. Nur der Boden der Gondel wurde angeritzt.

„Das war knapp“, rief der Scheuch, „hoffentlich gibt es nicht mehr solcher Überraschungen.“

Kaum hatte er das gesagt, schoss aus der Tiefe des Waldes ein metallisch blinkender rostroter Vogel empor und schrie:

„Ihr Halunken, was habt ihr gemacht, ihr habt meine Frau mit Sandsäcken beworfen. Beinahe hättet ihr sie erschlagen. Ich werde euch lehren, uns so zu behandeln."

Der Vogel war nicht groß, aber äußerst angriffslustig, er drang heftig auf den Scheuch und die Prinzessin ein. Da sich die beiden gegen ihn zur Wehr setzten, flog er zum Ballon und hackte auf die Hülle los.

„Nicht doch", rief Betty, „wenn du den Ballon zerstörst, stürzen wir ab. Wir haben das nicht mit Absicht gemacht, wir mussten den Ballast abwerfen, um nicht von dem Kupferbaum aufgeschlitzt zu werden."

Der Vogel hörte gar nicht zu, sondern hackte weiter. Plötzlich zischte es – ein kleines Loch war entstanden. Der Rostrote stieß einen triumphierenden Pfiff aus. Im gleichen Augenblick aber fiel er wie entseelt in die Gondel.

Betty erfasste die Situation als erste.

„Das Gas hat ihn betäubt", rief sie, „es strömt aus. Schnell, wir müssen das Loch verstopfen."

Doch das war leichter gesagt als getan. Dem Scheuch fiel nichts Besseres ein, als an den Seilen hochzuklettern und die Hand auf das Loch zu pressen. Es war klar, dass er das nicht lange durchhalten würde.

In weiser Voraussicht hatte Betty ein paar Flicken und die Tube mit dem Klebstoff mitgenommen. Man konnte ja nie wissen! Hastig beschmierte sie einen der Flicken mit Leim und reichte ihn ihrem Mann. Doch der musste sich mit einer Hand am Seil festhalten, was schwierig genug war. Deshalb zog sich die Prinzessin zu ihm hoch und versuchte das Loch selbst zu verschließen.

Das wiederum ging aber nur, indem der Scheuch sie mit dem freien Arm festhielt.

Betty hatte die Füße auf den Gondelrand gesetzt, wodurch der Korb schräg stand und wild zu schwanken begann. Dennoch gelang es ihr, den Flicken festzukleben.

„Geschafft“, rief sie und griff wieder nach dem Seil. Gerade noch rechtzeitig, denn der Scheuch konnte sie und sich nicht mehr halten. Seine Finger rutschten ab und er stürzte zurück in die Gondel, wo er benommen neben dem Vogel liegen blieb. Betty dagegen kletterte ohne weiteren Zwischenfall wieder in den Korb.

„Das ist noch einmal gut gegangen“, murmelte sie, während der Ballon langsam wieder ins Gleichgewicht kam. Er hatte bloß etwas an Höhe verloren.

Betty nahm ein Röhrchen mit Riechsalz aus dem Gepäck und hielt es erst ihrem Mann, dann dem Vogel unter die Nase. Beide kamen zu sich, aber nur der Scheuch begriff, wo er war. Der Vogel dagegen fragte:

„Was ist passiert? Was ist das für ein großes Nest?“

„Das ist kein Nest, sondern eine Gondel“, erwiderte Betty. „Du hättest dich beinahe vergiftet.“

„Vergiftet, wieso? Ich habe nichts Schlechtes gegessen oder getrunken.“

„Du hast das Gas aus dem Ballon eingeatmet“, sagte nun der Scheuch. „Du wolltest ja nicht hören. Beinahe hättest du uns alle getötet.“

Dem Vogel schien die Erinnerung wiederzukommen.

„Und ihr hättet fast meine Frau umgebracht“, beharrte er. Dann hüpfte er auf den Korbrand und flog leicht taumelnd davon. Er war kein bisschen einsichtig.

Kopfschüttelnd und erschöpft blieben die beiden Ballonfahrer erst einmal eine Weile auf dem Boden der Gondel sitzen. Als sie erneut nach draußen schauten, lag der Kupferwald schon weit hinter ihnen. Wiesen, Felder und Häuser, Teiche und Seen zogen unten vorüber.

„Dort drüben, am Rand des dunklen Waldes, beginnt das Tierreich", sagte der Scheuch. „Wir sind gut vorangekommen. Wenn ich daran denke, dass wir diese Strecke hätten zu Fuß zurücklegen müssen!"

„Wir hätten eine Woche gebraucht", erwiderte Betty. Dann aber runzelte sie die Brauen. „Dennoch, wie's aussieht, werden wir es nicht bis zu Dickhaut schaffen. Wir verlieren an Höhe."

Sie sahen nach oben und mussten feststellen, dass die Hülle nicht mehr so prall wie am Anfang war. Offenbar entwich weiterhin Gas.

„Wir werfen den restlichen Ballast ab", schlug der Scheuch vor, „wir behalten nur unser Gepäck."

Sie taten es und hofften dabei, dass sie nicht wieder einen Vogel oder ein Tier aufscheuchen würden. Der Ballon stieg ein Stück und sie erreichten den Wald. Doch bald darauf sanken sie erneut. Wenn das so weiterging, würden sie in den Baumkronen hängen bleiben.

„Wir müssen auch noch unser Gepäck abwerfen", rief der Scheuch, „hier können wir nirgendwo landen."

Betty gab ihm Recht und so warfen sie alles über Bord, was Gewicht hatte. Der Scheuch behielt nur ein Messer, um sich notfalls verteidigen zu können.

Eine Lichtung mit einem schlammigen Tümpel in der Mitte tat sich unter ihnen auf. Betty schaute hinunter und sagte:

„Huch, in dem Wasser möchte ich aber nicht baden."

Doch kaum hatte sie diesen Ausruf getan, gab es einen gewaltigen Knall und der Ballon platzte an der Seite auf. Steil sauste die Gondel mit ihrer Last abwärts. Sie zog die Hülle, die ein wenig bremste, wie eine flatternde Fahne hinter sich her.

„Wir stürzen ab", wollte der Scheuch noch rufen, doch er kam nicht mehr dazu. Sie schlugen bereits auf der Tümpeloberfläche auf.

Diesmal lag die Prinzessin betäubt da, während sich ihr Mann nur Knie und Ellbogen gestoßen hatte. Er rieb sich die Glieder und beugte sich dann über seine Frau.

„Betty“, rief er, „ist dir etwas passiert? Komm doch wieder zu dir!“ Er schüttelte sie und versuchte sie mit leichten Klapsen aufzuwecken, doch das gelang nicht. Erst als er ihr eine Hand voll Schlammwasser ins Gesicht schwappte, schlug sie die Augen auf.

„Pfui“, murmelte sie, „wie kannst du mich mit dieser Brühe erschrecken.“

„Verzeihung, Liebste, aber wir müssen versuchen, ans Ufer zu schwimmen“, erwiderte der Scheuch.

„Niemals in solchem Wasser, lieber ertrinke ich.“

Der Scheuch dachte, dass Ertrinken in diesem Tümpel nicht besser sei, als darin zu schwimmen, doch er suchte nach einem anderen Ausweg.

„Wenn wir ein Ruder hätten, könnten wir die Gondel als Boot benutzen“, sagte er.

„Schneid wenigstens die Hülle ab, sie zieht uns in die Tiefe“, verlangte die Prinzessin.

Die Ballonhülle lag als bunter Teppich auf dem Wasser und der Scheuch schnitt die Stricke durch, die sie mit der Gondel verband. Langsam ging sie unter. Die Gondel dagegen, vom Wind getrieben, bewegte sich ohne Ruder aufs Ufer zu. Zwar drang durch die Ritze, die der Kupferbaum in den Korb geschnitten hatte, etwas Wasser ein, doch sie erreichten trocken das rettende Land. Sie kletterten aus der Gondel und standen aufatmend im hohen Gras. Rings um sie her aber erhoben sich Dickicht und finsterer Wald.

DER ZAUBERTROG

Klapp überwand die Weltumspannenden Berge, indem er immer den Fluss entlangflog, der zum Muschelmeer führte. Er war am Morgen gestartet und erreichte die Klippen der Krokodilinsel am späten Nachmittag. Von einem Felsen aus hielt er nach den Delphinen Ausschau und tatsächlich hob auch schon bald einer den Kopf aus dem Wasser.

„Floy", rief der Storch, so laut er konnte, und schloss ein langgezogenes Klappern an. Tatsächlich freute er sich sehr, gleich als ersten seinen alten Freund zu treffen. Schließlich war er, Klapp, es seinerzeit gewesen, der die Bitte des Delphins, den Meeresbewohnern gegen das Seemonster zu helfen, an den Scheuch weitergeleitet hatte.

Floy entdeckte den Storch und schwamm eilig herbei.

„Du bist es! Bei uns in den Klippen! Ich traue meinen Augen nicht." Vor Vergnügen machte er einen Riesensprung.

„Da staunst du, was?", sagte der Storch. „Ich bin über Berge und Wälder hierher geflogen. Wie geht es euch?"

Obwohl Klapp seine Botschaft hatte sofort überbringen wollen, drängte es ihn zunächst, Familiennachrichten auszutauschen. Über die liebe Frau, die Kinder, die immer größer wurden und einem auf der Nase herumtanzten, über die Tanten und Onkel. Außerdem wollte er wissen, wie es der Seekönigin und allen Bekannten vom Muschelmeer ging.

Floy hörte geduldig zu, gab bereitwillig Auskunft und stellte seinerseits Fragen, so dass sich die beiden mächtig verplauderten. Erst nach einer ganzen Weile fiel dem Storch wieder ein, weshalb er gekommen war.

„Der Löwe und Jessica warten an der Grenze zum Zauberland auf euer gläsernes Boot“, erklärte er. „Sie müssen nämlich schnell ins Tierreich zurück, um einen Schatz wiederzufinden.“

„Ach je“, erwiderte Floy, „meine Freunde Fiet und Gick sind mit dem Boot zum Unterwasserschloss gefahren. Ich muss sie benachrichtigen und das dauert seine Zeit.“

Inzwischen standen Jessica und der Löwe am Fuß der Weltumspannenden Berge und schauten hoffnungsvoll den Fluss hinab, der sich hier durch eine enge Schlucht zwängte. Aber so sehr sie sich auch bemühten, sie konnten kein von Delphinen gezogenes Schiff entdecken.

„Na ja", sagte der Löwe, als es auf den Abend zuging, „dann müssen wir uns wohl darauf einstellen, die Nacht hier zu verbringen. Entweder hat Klapp die Klippen nicht gefunden, oder die Delphine waren mit dem Boot unterwegs."

„Ich bin bei meiner ersten Fahrt ins Zauberland einfach mit dem Schlauchboot los", erwiderte Jessica. „Allerdings bin ich umgekippt und wundere mich heute noch, dass ich nicht ertrunken bin."

„Ein Schlauchboot wäre nichts für mich", erklärte der Löwe. „Außerdem ist hier weit und breit überhaupt kein Wasserfahrzeug zu sehen."

Jessica schaute zu den Gipfeln der Berge empor, die bis in die Wolken reichten.

„Da kommen wir nie drüber", sagte sie, „aber vielleicht gibt es irgendwo einen Tunnel."

„Schlag dir das aus dem Kopf", brummte der Löwe. „Selbst wenn es einen gäbe, wir würden uns womöglich verlaufen und viel zu spät ankommen."

„Dann müssen wir eben warten", seufzte Jessica.

Der Löwe setzte sich im warmen Sand, der hier überall lag, auf die Hinterbacken und gähnte. Jessica ließ sich auf einem Stein nieder und begann ihre Stullen auszupacken. Kaum hatte sie aber den ersten Bissen gegessen, sprang sie wieder auf.

„Da drüben liegt ja etwas, das wie ein Boot aussieht", rief sie und zeigte auf einen länglichen Gegenstand im dürren Steppengras. Er war halb von Sand zugeweht.

Sie rannte hin und begann das Ding auszubuddeln. Es war ein großer Holztrog, wie ihn die Bauern früher zum Anrühren und Kneten von Brotteig benutzten.

„Damit könnten wir den Fluss hinunterfahren", sagte Jessica. „Wir setzen uns hinein und ab geht's."

„Das würde noch fehlen“, murrte der Löwe, der sich genähert hatte. „Das Ding ist uralt und für uns beide viel zu klein. Wir würden umkippen und jämmerlich ersaufen.“

Jessica hatte den Trog inzwischen fast freigelegt. Wie um zu beweisen, dass er stabil war und ziemlich viel Platz bot, stieg sie hinein.

„Siehst du ...“, begann sie, brachte ihren Satz aber nicht zu Ende. Im selben Moment machte der Trog nämlich einen Satz und sauste durch die Luft davon, direkt auf die Berghöhen zu. Jessica konnte gerade noch einen Schrei ausstoßen und nach dem Holzrand greifen, um nicht herauszufallen.

Man kann sich den Schreck vorstellen, den der Tapfere Löwe bekam. Viel zu spät setzte er zu einem Sprung an, um den Trog zurückzuhalten. Der war mit seiner Gefangenen so schnell weg, dass er bald nur noch als Punkt und dann gar nicht mehr zu sehen war.

Der Löwe brüllte vor Wut und Entsetzen, er machte ein paar Sätze auf die Berge zu, aber das war sinnlos. Das Mädchen, das Goodwin ihm so ans Herz gelegt hatte, war verschwunden und er vermochte nichts dagegen zu tun. Wer hätte aber auch so etwas ahnen können.

Der Trog war in Richtung Muschelmeer geflogen – der Löwe schlug verzweifelt mit dem Schwanz und rannte dann zum Fluss: Vielleicht kam das Delphinboot doch noch und sie konnten Jessica wenigstens auf dem Wasser folgen. Aber keine Delphine und kein gläsernes Boot waren zu entdecken. Nur die Sonne zeigte sich ein letztes Mal zwischen den Wolken, bevor sie hinter den Bergen versank.

Traurig legte sich der Löwe am Fluss nieder. Große Tränen tropften ihm aus den Augen. Einige Zeit verging. Plötzlich jedoch schaute er auf, denn aus dem Halbdunkel sauste, schnell größer werdend, ein hell leuchtender Punkt auf ihn zu. War das ein Stern, der vom Himmel fiel? Das Ding näherte sich von den Weltumspannenden Bergen, ungefähr aus der Richtung, in die Jessica entführt worden war. Der Löwe duckte sich, noch konnte er nicht glauben, dass seine kleine Freundin vielleicht zurück-

kam. Aber dann sprang er auf und brüllte laut vor Glück. In elegantem Bogen segelte der Trog mit seinem unfreiwilligen Passagier heran und landete genau an dem Platz, wo er vorher gelegen hatte. Sein Holz schimmerte im Dunkeln grünlich wie Phosphor.

„Jessica", rief der Löwe, packte das Mädchen blitzschnell am Kragen und riss es aus dem unheimlichen Gefährt. „Ich dachte schon, ich seh dich nie mehr wieder." Er trug sie ein paar Meter zur Seite und legte sie auf den Boden.

„He, was machst du denn mit mir, was soll das?", beschwerte sich Jessica halb lachend und sprang auf. „Ich bin doch nicht dein Baby. Glaubst du, ich kann nicht allein aussteigen?" Sie klopfte sich den Sand ab.

„Wenn du wüsstest, was du mir für einen Schreck eingejagt hast", entgegnete der Löwe. „Steig nie wieder in ein solches Ding, hörst du!"

„Aber warum denn nicht", gab Jessica zur Antwort. „Es war wunderbar. Lass dir doch mal erzählen."

Trotzdem dauerte es noch eine Weile, bis der Löwe sie zu Wort kommen ließ und erfuhr, was wirklich passiert war. Alles hatte sich nämlich viel weniger dramatisch abgespielt, als er dachte. Nach dem ersten Schrecken und einigen Minuten, in denen sich Jessica krampfhaft am Rand des Trogs festgeklammert hatte, war ihr auf einmal klar geworden, dass sie ziemlich sicher saß. Sie hatte über den Holzrand hinausgeschaut und bereits die Berge unter sich gesehen.

„Das ist ein herrlicher Anblick", berichtete sie begeistert. „Die schneebedeckten Bergspitzen in den Wolken, die dunklen Wälder und etwas tiefer die Täler mit den Seen! Später aber tauchte unten das Muschelmeer mit seinem weißen Strand auf. Das war einfach einzigartig!"

„Du warst am Muschelmeer?“, fragte der Löwe erstaunt.

„Ja, dort bin ich gelandet. Es ist ein unbeschreibliches Gefühl, das wirst du mir bestätigen.“

„Was denn“, rief der Löwe, „soll ich etwa auch mit diesem Teufelstrog fliegen? Keine zehn Elefanten bringen mich da hinein.“

Jessica fasste ihn bei der Mähne. „Du wirst doch nicht etwa Angst haben, mein Großer?“, sagte sie zärtlich. „Das da ist ein Zaubertrog. Er bringt einen über die Berge und wieder zurück, soviel habe ich begriffen. Man braucht sich mit dem Gesicht nur in die Richtung zu wenden, in die er fliegen soll.“

„Aber für uns beide ist er viel zu eng“, wandte der Löwe ein.

„Es stimmt, deshalb musst du mich auf den Schoß nehmen“, erklärte Jessica. „Oder willst du, dass ich noch mal allein fliege, während du morgen mit dem Boot nachkommst?“

Was sollte der Löwe machen, er konnte Jessica nicht mit Gewalt festhalten. Knurrend und murrend kroch er schließlich in den Trog, immer darauf gefasst, dass etwas Schlimmes passieren würde. Endlich saß er, Jessica an die Brust gepresst und sich mit der freien Pfote am Rand festklammernd, in dem hölzernen Gefäß. Dann blickten beide in Richtung Muschelmeer.

Der Trog ächzte etwas, das Gewicht schien ihm zu schaffen zu machen. Plötzlich jedoch hob er vom Boden ab und stieg schnell dem Mond entgegen, der inzwischen aufgegangen war. Sie glitten über die Berge hinweg und der Löwe, der erst jetzt die Augen zu öffnen wagte, kam aus dem Staunen nicht heraus. Wie klein von hier oben aus alles dalag! Zugleich hielt er aber angestrengt Jessica fest. Ein zweites Mal sollte sie ihm nicht entrissen werden.

DIE FRAGEN DES HOLZFÄLLERS

An der Grenze des Violetten Landes, die durch lila Marksteine gekennzeichnet war, trennten sich Mia und der Holzfäller. Wie abgesprochen, lief die Katze zur Haushälterin Hermosa zurück, ihr Herr aber stapfte in Richtung Tierreich. Er musste immer an die armen Smaragdenbienen denken. Es dauerte nicht lange und er kam zu einem engen Tal, an dessen Eingang ein schwarzes Schild stand. In gelber Schrift war darauf geschrieben:

WER DREI FRAGEN STELLT, BEKOMMT ANTWORT.
WER KEINE FRAGE STELLT, WIRD GEFRESSEN.

Es war das berühmte Tal der Fragen, in dem Lelia, die Schlange mit den Bernsteinaugen, vor einiger Zeit fast umgekommen wäre, weil sie nicht lesen konnte. Der Holzfäller dagegen hatte schon als Kind lesen gelernt. Eine Antwort auf seine Fragen zu erhalten, kam ihm gerade recht und so schritt er mutig voran.

Wie damals Lelia, kam auch er zu einer Allee mit schwarzen Bäumen rechts und gelben Bäumen links. Auf den Bäumen saßen, ihrer jeweiligen Farbe entsprechend, schwarze und gelbe Vögel mit krummen Schnäbeln.

Plötzlich sprang von einem gelben Baum ein gelbes Eichhörnchen. Es war zunächst klein, wuchs aber im Handumdrehen zur Größe eines Bären heran, so dass man es eher Eichhorn nennen musste. Es richtete sich drohend vor dem Holzfäller auf und sagte:

„Los, stell deine Fragen!“

Sofort sprang auch von einem der schwarzen Bäume ein

Eichhörnchen. Es war kohlrabenschwarz und erlangte gleichfalls Bärengröße. Sich neben dem gelben Eichhorn aufrichtend, verlangte es:

„Na, frag schon!“ Dabei zeigte es ein paar scharfe weiße Zähne.

Der Holzfäller packte seine Axt fester, denn bei diesen unheimlichen Gesellen konnte man nie wissen. Dann sagte er:

„Wenn es sein muss ... Wo finde ich den Schatz der Smaragdenbienen?“

„Weiter“, verlangte das gelbe Eichhorn.

„Weiter“, forderte auch das schwarze Eichhorn.

„Ich werde meine drei Fragen schon stellen“, erklärte der Holzfäller. „Erst will ich aber wissen, ob ihr in der Lage seid, zu meiner Zufriedenheit zu antworten.“

Die Eichhörner schauten sich überrascht an und überlegten eine Weile.

„Also meinetwegen“, erwiderte schließlich das gelbe. „Die Antwort lautet:

Zur Hälfte vergraben, zur Hälfte gebannt,
In Miruandas Nebelland.“

Der Holzfäller wiegte den Kopf.

„Na gut, die Fee Miruanda. Aber wo ist dieses Nebelland?“

Diesmal gab das schwarze Eichhorn Auskunft:

„Güte, Mut und Klugheit führen dich.
Mit dem Nebelungeheuer sprich.“

„Wisst ihr was?“, sagte der Holzfäller. „Eure Antworten sind Rätsel und werfen neue Fragen auf. Doch sei’s drum – mein

Freund, der Weise Scheuch, wird bestimmt etwas damit anfangen können. Deshalb erklärt mir noch: „Wie komme ich am schnellsten zu Dickhaut, dem Elefanten?“

Die beiden Eichhörner schienen enttäuscht.

„Das war die dritte Frage“, murrte das schwarze.

„Leider“, bestätigte das gelbe.

„Wir können ihm nichts anhaben“, stellte das schwarze Eichhorn fest.

„Die Leute werden klüger, sie lernen lesen“, erklärte wieder das gelbe und schrumpfte merklich zusammen. Dabei wandte es sich um, als wollte es auf seinen Baum zurückkehren.

„Halt, halt“, rief der Holzfäller, „ich warte noch auf die dritte Antwort.“

„Geh einfach immer geradeaus“, erwiderte missmutig das schwarze Eichhorn, das auch schon viel kleiner geworden war, „dann kommst du ans Ziel.“

Der Holzfäller ging weiter die Allee entlang und kam zum Talausgang. Ihm schien, dass in den Augen des schwarzen Eichhorns zum Schluss etwas Hinterlist aufgeblitzt hatte, doch er konnte sich täuschen. Jedenfalls machte er sich deswegen keine Gedanken – er freute sich viel zu sehr auf das Wiedersehen mit dem Elefanten Dickhaut.

Der Weg führte mitten in den Wald und tatsächlich hatten die Eichhörner dem Holzfäller noch einen Streich gespielt. Der Sitz des Elefanten befand sich ganz nahe, rechts vom Tal der Fragen, er dagegen stapfte geradeaus und entfernte sich mit jedem Schritt mehr davon.

Außerdem wurde der Wald immer dichter. Bald war der Weg nur noch ein Pfad und verlief sich schließlich endgültig. Das Gelände wurde sumpfig.

Wasser konnte der Eisenmann nicht gut vertragen, davon rosteten seine Gelenke ein. Jetzt hab ich mich doch verlaufen, dachte er, ich müsste jemanden nach dem Weg fragen, ein Tier vielleicht. Aber die Tiere, die den Holzfäller durchs Dickicht stampfen hörten, hatten Angst vor ihm und versteckten sich. Erschöpft setzte er sich auf einen Baumstumpf und überlegte. Sollte er umkehren?

Jetzt hätte er Mias Begleitung doch gebrauchen können. Sie wäre auf den höchsten Baum geklettert, um Ausschau zu halten.

Der Eisenmann seufzte, zum Klettern war er leider zu schwer. Ich muss aus diesem Dickicht heraus, sagte er sich. Er erhob sich wieder und hieb mit aller Kraft einen Weg ins Trockene frei. Da stutzte er plötzlich. Ganz leise erklangen aus der Ferne Rufe:

„Hallo ... ört uns denn ... mand?“

Der Holzfäller hielt die Hände als Schalltrichter an den Mund:

„Ich höre euch. Wer seid ihr?“

„Zwei ...sucher aus der ...ragdenstadt wir ...itten um Hilfe!“

„Wartet“, schrie der Holzfäller, „ich komme!“ Und mit noch größerer Wucht das Unterholz zerteilend als vorher, stürmte er der Stelle zu, von der die Rufe herüberdrangen.

EIN UNVERHOFFTES WIEDERSEHEN

Nachdem sich Betty und der Scheuch etwas von ihrem Absturz erholt hatten, überlegten sie, wie es weitergehen sollte. Der Wald rings um den Tümpel war sehr dicht und wenig einladend. Trotzdem mussten sie einen Weg finden.

„Weit kann es bis zu Dickhaut nicht mehr sein“, sagte Betty, „alles in allem haben wir mit unserem Ballon noch Glück gehabt. Immerhin hat er uns bis ins Tierreich getragen.“

„Der Flug war wunderschön“, erwiderte der Scheuch, „nur dieser Kupfervogel hat uns einen Strich durch die Rechnung gemacht. Aber du hast Recht, der Sturz hätte schlimmer ausgehen können. Wenn wir wieder in der Smaragdenstadt sind, gebe ich ein paar Ballons mit doppelt dicken Hüllen in Auftrag, in die niemand so schnell ein Loch hacken kann.“

„Bis wir zurück sind, wird noch eine Weile vergehen“, wandte die Prinzessin ein.

„Stimmt, erst müssen wir die Sache mit dem Schatz in Ordnung bringen.“ Der Scheuch blickte zum Himmel. „Versuchen wir uns nach Westen durchzuschlagen, dorthin, wo in zwei, drei Stunden die Sonne untergehen wird.“

Sie ließen den Tümpel hinter sich und drangen in den Wald ein. Der Scheuch humpelte etwas, denn sein Knie schmerzte noch. Trotzdem kamen sie auf einem Pfad, den offenbar Tiere getreten hatten, ganz gut voran. Mit der Zeit wurde das Gelände aber unwegsamer, zu Boden gefallene Stämme und Unterholz hinderten sie am Weiterlaufen und sie mussten ausweichen. Die Vögel, die bisweilen durchs Gesträuch huschten, waren die einzigen Lebewesen, denen man begegnete.

„Was für eine finstere Gegend“, sagte Betty, „und kein Mensch, den man nach dem Weg fragen könnte.“

„Vielleicht doch“, entgegnete der Scheuch und zeigte nach vorn. Zwischen Sträuchern und Farnen sprang ein sonderbarer Kerl hin und her. Er war klein, hatte einen grauen Bart und glich mit seiner dicken Watteweste einem Waldarbeiter. Er sammelte Reisig auf, rannte zwischendurch zu einem Baum, um einen Topf zu überprüfen, der am Stamm festgebunden war, verschwand zwischen den Büschen und war gleich darauf wieder da.

„He, mein Lieber“, rief der Scheuch, bevor der Kerl erneut weglaufen konnte, „warte einen Augenblick. Wir brauchen eine Auskunft!“

„Ich habe keine Zeit“, erwiderte der Mann. „Seht ihr nicht, dass ich mächtig beschäftigt bin? Ich muss Reisig sammeln, Harz zapfen, nachschauen, ob die Beeren gedeihen, und zwischendurch meine Kaninchen füttern. Ich muss auch nach meiner kranken Mutter sehen und vieles andere mehr. Das alles aber sofort und gleichzeitig.“

„Gleichzeitig?“, fragte Betty erstaunt. „Warum? Wäre es nicht besser, eins nach dem anderen zu tun?“

Der Mann häufte etwas Reisig auf, warf einen Blick in seinen Baumtopf und rief:

„Wollt ihr damit sagen, dass ich meine Arbeit nicht ordentlich mache? Ich bin ein Irrwisch und die können nicht bei einer Sache bleiben, sie tun immer zehn Dinge auf einmal.“ Nach diesen Worten sauste er schnell zwischen den Bäumen davon.

„Sobald er zurückkommt, fragen wir ihn, wo es hier zu Dickhaut geht“, sagte der Scheuch. „Wenn wir erst lange mit ihm diskutieren, erfahren wir das nie.“

Der Mann war bereits wieder da und rupfte einige Gräser aus. „Wir möchten zum Elefanten Dickhaut“, rief der Scheuch sofort. „Kannst du uns den Weg zeigen?“

„Keine Zeit“, murrte der Irrwisch, „überhaupt keine Zeit.“

„Es ist sehr wichtig. Weise uns wenigstens die Richtung.“

„Geradeaus bis zu den drei Eichen, dann links“, erwiderte das Männchen und rannte davon.

Betty seufzte, doch mehr war aus dem Irrwisch offenbar nicht herauszuholen. Sie gingen weiter und nach einer Weile erhoben sich zwischen Fichten und Krüppelkiefern drei dicke Eichen. Betty und der Scheuch wirkten winzig neben ihnen. Wie der Mann es gesagt hatte, hielten sie sich nun links. Doch sie kamen nicht weit. Plötzlich gab der Boden unter ihnen nach und sie rutschten in eine tiefe Grube.

Im Vergleich zum Sturz mit dem Ballon fielen sie diesmal viel weicher auf Blätter und Heu. Deshalb waren sie für den Augenblick auch mehr verblüfft als erschrocken. Als sie sich aber von der ersten Überraschung erholt hatten und umschauten, bemerkten sie, dass ihre Lage nicht gerade angenehm war. Sie waren in dieser viereckigen Grube hoffnungslos gefangen. Die Wände waren zu steil und glatt, als dass sie hätten herausklettern können.

„Wer gräbt denn mitten im Wald solche Löcher“, schimpfte der Scheuch, „ich habe die Grube überhaupt nicht gesehen.“

„Es war zu dunkel und es lagen auch Zweige darüber“, sagte Betty.

„Ob das dieser Irrwisch war? Dem werde ich was erzählen.“

„Erst müsste man ihn mal hier haben“, seufzte Betty, „überlegen wir lieber, wie wir ohne ihn aus der Grube kommen.“

Doch all ihre Bemühungen brachten nichts ein und nachdem die beiden mehrmals vergeblich versucht hatten, an den glatten Wänden emporzuklimmen, blieb ihnen nichts anderes mehr, als um Hilfe zu rufen. Vielleicht hörte der Irrwisch ihre Schreie und befreite sie.

Betty und der Scheuch brüllten also aus Leibeskräften, doch kein Irrwisch zeigte sich. Sie hielten erschöpft inne, versuchten es dann erneut, und mit einem Mal vernahmen sie eine ferne Antwort. Etwas wie: „... seid ihr? ... Wartet ... Komme!“

„Da ist jemand. Er hat uns gehört. Los, rufen wir weiter“, sagte der Scheuch, der schon ganz heiser war.

„Das war so eine sonderbare, blecherne Stimme“, murmelte Betty.

„Hier unten klingt alles anders, ist ja auch egal“, erwiderte der Scheuch.

Sie riefen wieder und nach einer Weile knackte es oben im Gebüsch. Dumpfe, eilige Schritte ertönten, jemand kam angehetzt. „Vorsicht“, wollte Betty noch sagen, doch es war schon zu spät. Mit Gepolter und Geklirr rutschte ein Mann über den Grubenrand und stürzte herab, genau wie vorher sie.

Betty und der Scheuch waren schnell zur Seite ausgewichen –

so hatten sie sich die Hilfe nicht vorgestellt. Der Mann aber rappelte sich sofort auf, schnappte seine Axt, die zu Boden gefallen war, und seinen Hut, einen großen Trichter. Dann sagte er:

„Verzeihung, ich hatte es anscheinend etwas zu eilig."

„Das kann man wohl sagen", erwiderte der Scheuch und fiel seinem Freund, dem Eisernen Holzfäller, um den Hals.

DAS NEBELUNGEHEUER

Der Zaubertrog landete sanft am Strand des Muschelmeeres, genau dort, wo der Fluss mündete. Jessica sprang fröhlich in den Sand und rief: „War das nicht ein wunderbarer Flug?“

Der Löwe kroch aus dem engen Behältnis. Er knurrte:

„Ja, ja, sehr schön. Aber nichts ist besser als fester Boden unter den Füßen.“

„Sei nicht so brummig“, sagte Jessica. „Wir haben im Nu die Weltumspannenden Berge hinter uns gebracht und eine Menge Zeit gespart.“

Das musste der Löwe zugeben.

„Schon recht“, murrte er. „Allerdings dürfen wir nicht die Ankunft des Delphinbootes versäumen. Hoffentlich sind sie nicht schon durch und wir haben sie verfehlt.“

„Ach was, die Delphine kommen bestimmt nicht, bevor es hell wird.“

Jessica hatte ihre Stullen mitgenommen und da beide hungrig waren, stärkten sie sich erst einmal. Den Rest ließen sie fürs Frühstück. Dann kuschelte sich das Mädchen an den Löwen und schlief sofort ein. Der schlummerte gleichfalls, achtete dabei aber auf jedes Geräusch. Auf keinen Fall wollte er das gläserne Schiff verpassen.

Als das Boot dann bei Sonnenaufgang kam, weckte der Löwe sacht Jessica, ging zum Fluss und stieß ein kurzes Brüllen aus, um die Delphine auf sich aufmerksam zu machen. Floy und Fiet staunten nicht schlecht, sie hatten ihn keineswegs hier erwartet. Der Vierbeiner erzählte kurz, auf welche Art sie die Berge überquert hatten.

„Also stimmt es“, rief Floy aus, „der Zaubertrog existiert noch. Seit dem Tod der Hexe Gingema damals durch Elli, die Fee des Tötenden Häuschens, war er verschwunden und alle dachten, der Sturm hätte ihn zerstört. Dabei hatte sie ihn bloß jenseits der Berge liegen lassen.“

„Vielleicht können wir ihn noch weiter benutzen“, sagte Jessica, die inzwischen herbeigelaufen war und die Delphine stürmisch begrüßt hatte. „Möglicherweise gibt es einen Befehl, der ihn zwingt, uns zum Affenhügel zu bringen.“

Der Löwe wollte schon widersprechen, denn er war von dieser Idee gar nicht begeistert, doch zu seiner Erleichterung erwiderte Fiet:

„Nein, nein, das ist nicht möglich. Soviel man erzählt, war der Trog immer eine Fähre über die Berge. Gingema hat ihn nur diesen einen Weg gelehrt.“

Sie bestiegen das gläserne Boot, das auch zum Tauchen geeignet war und mit dem Jessica immer wieder gern fuhr, denn sie konnte darin das Leben unter Wasser beobachten. Die Delphine zogen es in schnellem Tempo durchs Muschelmeer und sogar der Löwe, der sah, wie sauber das Wasser nach dem Tod des Seemonsters wieder geworden war, zeigte sich begeistert. Am östlichen Ufer angelangt, glitten sie dann noch ein Stück den Fluss hinauf, der in die Nähe der Smaragdenstadt führte.

Schließlich machten sie Halt und nachdem die Passagiere sich bedankt und verabschiedet hatten, gingen sie an Land. Von hier aus war es nicht mehr weit zum Affenhügel, wo sie sich mit dem Scheuch und seinen Freunden treffen wollten.

Wieder schwang sich Jessica auf den Rücken des Löwen und im Trab ging es zwischen felsigen Hügeln hindurch auf den Urwald zu. Das Wetter war schön, wie meist im Zauberland, die

Sonne schien und es war warm, doch plötzlich – sie kamen gerade an einem Dornengebüsch vorbei – griff ein riesiger, feuchter Nebelarm nach ihnen. Im Nu waren sie von nassem Dunst eingehüllt, der ihnen völlig die Sicht nahm.

Jessica erschrak.

„Wo kommt mit einem Mal der dichte Nebel her?“, fragte sie.

„Das wüsste ich selber gern“, erwiderte der Löwe und blieb stehen. „Sonderbar, auch der Boden wird morastig. Wenn wir weitergehen, geraten wir noch in einen Sumpf.“

„Iih“, sagte Jessica, „ich hab mich an Dornen gepiekt. Es ist ja geradezu, als würden sie nach uns greifen.“

„Du hast Recht, sie greifen nach uns ... Lass mich los, du blödes Ding.“ Der Löwe schüttelte sich und wich einen Schritt zurück.

„Vor fünf Minuten hab ich den Urwald noch gesehen.“ Jessica versuchte den Nebel mit den Blicken zu durchdringen. „Da müsste man doch hinkommen.“

„Das schaffen wir auch“, sagte der Löwe, „aber zunächst gehen wir ein paar Meter zurück. Ich glaube, wir sind dem Nebelungeheuer begegnet. Ich habe schon davon gehört. Es verschlingt alles, was sich ihm unvorsichtig nähert. Es soll sich in dieser Gegend aufhalten, ich hatte nur nicht daran gedacht.“

Jessica fühlte sich sehr unbehaglich. Sie wollte weitere Fragen stellen, aber der Löwe bedeutete ihr zu schweigen.

„Es ist besser, still zu sein“, murmelte er, „das Ungeheuer scheint uns noch nicht entdeckt zu haben. Die Tiere meinen, dass man Schritt für Schritt in den eigenen Stapfen zurückgehen muss, wenn man ihm entkommen will.“

Jessica verhielt sich nun mucksmäuschenstill. Sie krallte sich fest in seine Mähne und der Löwe ging, die eigenen Stapfen nutzend, Schritt für Schritt rückwärts. Nach zehn Metern lichtete sich der Nebel so plötzlich, wie er gekommen war. Sobald der Vierbeiner wieder etwas sah, brachte er sich mit gewaltigen Sätzen außer Reichweite der klebrigen Nässe. Auf einem Hügel hielt er an.

„Wollen wir nicht noch ein Stück weiter weg?“, fragte Jessica ängstlich.

„Nicht nötig“, erwiderte der Löwe, „wenn man wieder freie Sicht hat, ist das Ungeheuer machtlos. Ich lasse mich bestimmt kein zweites Mal überraschen.“

Sie umgingen das Hügelgebiet in einem größeren Bogen und erreichten schließlich den Urwald. Jessica, innerlich noch mit dem Nebelungeheuer beschäftigt, vergaß es mit einem Schlag, als sie die mächtigen Bäume sah, das Pflanzengewirr und die vielen leuchtend bunten Orchideen. Vögel, Affen und andere Tiere spektakelten laut, wurden jedoch merklich leiser, sobald sich der Löwe näherte. Daran merkte das Mädchen, dass ihm die Bewohner hier Respekt zollten.

Der Löwe fragte eine Schlange nach dem Weg und nachdem sie eine halbe Stunde gegangen waren, erreichten sie den Bach der Gläsernen Fische. Inzwischen war die Nachricht von ihrem Eintreffen schon zu Stoppelkopf und seiner Horde vorgedrungen. Die Affen kamen ihnen entgegen, denn sie hatten gehört, dass die beiden den Smaragdenbienen helfen wollten. Dickhaut hatte ihnen einen Boten geschickt, der die Affen über die Pläne des Scheuchs unterrichtete.

Am Bach bewunderte Jessica die durchsichtigen und dennoch im Sonnenlicht vielfarbig glitzernden Gläsernen Fische. Sie hatten genügend Zeit, denn weder der Scheuch noch der Holzfäller waren bisher am Affenhügel angelangt. Der Löwe stand neben ihr und sagte:

„Anschaun darfst du sie, aber versuche nicht, sie anzufassen, sonst schneidest du dich."

Dann setzte er mit einem mächtigen und zugleich eleganten Sprung über den Bach. Jessica aber wurde von den Affen hinübergetragen, die sich von Ast zu Ast schwangen und denen es Spaß machte, ihr die grüne Pracht des Urwalds von der Höhe der Baumkronen aus zu zeigen.

DICKHAUT BEFREIT DIE FREUNDE

Dickhaut wartete ungeduldig auf die Ankunft der Freunde, denn die Zeit verging und nur noch wenige Tage blieben, um dem Bienenvolk zu helfen. Unruhig streifte er in der Nähe seines Wohnsitzes durch den Wald, riss hier ein paar Zweige ab, um darauf herumzukauen, genehmigte sich dort ein Büschel saftiger Gräser. Doch er hatte nicht den rechten Appetit, verzichtete auf so manchen schmackhaften Bissen. Immer wieder reckte er den Kopf hoch und starrte zum Himmel. Er wusste ja, dass Betty und der Scheuch mit einem Ballon kommen wollten.

Auf den Boden achtete der Elefant dagegen kaum und so verblüffte es ihn, von unten unvermutet eine leise Stimme zu hören:

„He, du Koloss, bist du Dickhaut?"

Der Elefant schaute auf seine Füße und hatte einige Mühe, auf einem Baumstumpf eine Maus zu entdecken, die ihn mit ihren Knopfaugen unternehmungslustig anblinzelte.

„Ja, das bin ich", erwiderte er, „und mit wem bitte habe ich die Ehre?"

„Larry Katzenschreck", entgegnete die Maus, „gewiss hast du schon von mir gehört."

„Wenn ich ehrlich bin, nein. Müsste ich das?"

„Es schadet nie, wenn man über bestimmte Persönlichkeiten informiert ist. Vielleicht braucht man hin und wieder ihre Hilfe."

„Das ist richtig", gab Dickhaut gutmütig zu.

„Ich meinerseits gestehe ein, dass ich mich im Allgemeinen kaum in dieser Gegend aufhalte. Genau gesagt, wohne ich im Violetten Land."

Der Elefant horchte auf.

„Dort regiert einer meiner Freunde, der Eiserne Holzfäller."

„So ist es", stimmte Larry zu. „Von ihm habe ich auch deinen Namen."

„Du kennst den Holzfäller?", fragte der Elefant erstaunt. „Du hast mit ihm gesprochen?"

„Eigentlich habe ich mehr mit seiner putzigen Katze zu tun", sagte die Maus. „Von Zeit zu Zeit muss ich ihr eins auswischen, weil sie sonst zu übermütig wird. Was aber den Holzfäller betrifft, so wundere ich mich, dass er noch nicht hier ist. Er war auf dem Weg zu dir und hat doch viel längere Beine als ich."

„Weder der Holzfäller noch der Scheuch mit seiner Frau sind bisher bei uns eingetroffen", rief Dickhaut. „Und die beiden aus der Smaragdenstadt wollten mit einem Ballon kommen."

„Mit einem Ballon? Etwas, das wie eine Gondel ohne Hülle aussah, habe ich auf meinem Weg hierher am Rand eines Tümpels gesehen", erklärte Larry.

„Was sagst du? Sie werden doch nicht abgestürzt sein! Wo war das?"

„Ich bin etwa aus dieser Richtung gekommen." Die Maus zeigte nach hinten. „Es war übrigens ein ziemlich trübes Gewässer, rings von hohen Bäumen und Dickicht umgeben."

„Dann kann ich mir schon denken, wo es war", rief der Elefant. „Das ist die Gegend der Irrwische. Ich muss sofort dorthin und nachsehen, was geschehen ist." Er rannte los.

„Wenn du den Holzfäller triffst, sag ihm, dass ich wegen des Schatzes schon ein paar Erkundigungen eingezogen habe", piepste ihm Larry hinterher. „Aber viel konnte ich nicht erfahren. Ich muss offenbar selbst zum Affenhügel."

Dickhaut hörte die leisen Worte nicht mehr, er stürmte über die Grasebene, in der sie sich befanden, und drang dann in den

Irrwischwald ein. Auf einem Pfad kam ihm ein kleines Wildschwein entgegen. Es war Schniff.

„Ich wollte gerade zu dir und Mümmel“, hechelte Schniff. „Der Scheuch, seine Frau und der Eiserne Holzfäller sind in eine Grube gefallen. Wahrscheinlich wollte ihnen der Irrwisch mit dem grauen Bart einen Streich spielen. Du weißt ja, er kann es nicht leiden, wenn ihn jemand bei der Arbeit stört. Jedenfalls kommen sie allein dort nicht heraus.“

„Wo ist die Grube?“, fragte Dickhaut.

„Ich führe dich hin.“

Sie rannten zu der Grube, wo der Holzfäller inzwischen versucht hatte, mit der Axt Treppenstufen in die Wand zu hauen. Aber bis sie auf diese Art aus ihrem Gefängnis herausgekommen wären, hätte es bestimmt noch lange gedauert.

Der Elefant knickte die Vorderbeine ein und steckte den Rüssel in die Grube. Zuerst hob er Betty heraus, dann den Scheuch und am Ende auch den Holzfäller mitsamt seinem Trichterhut und der Axt. Als alle oben waren, umarmten und begrüßten sie sich. Schniff bekam für sein schnelles Handeln ein dickes Lob.

„Jetzt aber hopp auf meinen Rücken", sagte Dickhaut, als die erste Aufregung vorüber war. „Wir wollen zu mir nach Hause, damit ihr euch von den Strapazen erholen könnt. Danach werden wir uns dann zusammensetzen und die weiteren Schritte beraten."

Dritter Teil
Miruandas Reich

DIE GROSSOHR-BRÜDER IN DER KLEMME

Bill und Joe, die beiden Großohr-Brüder, waren verzweifelt. Obwohl sie alles Mögliche unternommen hatten, um die Insel mit dem Turm wieder zu verlassen und mit ihren Schätzen einen Weg nach Hause zu finden, saßen sie noch immer fest. Kurz nach ihrer Ankunft hatte sich nämlich zu allem Überfluss jenseits des Wassergrabens eine Nebelwand aufgebaut, die einfach nicht weichen wollte. Jeden Abend, wenn sie sich auf ihr Laublager streckten, und jeden Morgen, wenn sie unter den raschelnden Zweigen hervorkrochen, mit denen sie sich zudeckten, hofften sie auf bessere Sicht. Doch die Lage blieb unverändert. Sie hatten versucht, den Graben mit einem Floß zu überqueren, denn das Boot, das sie hergebracht hatte, war weit abgetrieben. Aber noch bevor sie das andere Ufer erreichten, tauchten sie in dichte milchige Schwaden ein, die ihnen die Luft nahmen. Sie fanden den Weg nicht mehr, der sie ans Wasser geführt hatte, und gerieten in ein Dornengewirr, das sie zum Umkehren zwang. Der Sumpf auf der Rückseite der Ruine aber war ein unüberwindliches Hindernis. In letzter Minute konnte Bill seinen Bruder vor dem Ertrinken retten, als der in ein Schlammloch geriet.

Eines Tages saß Joe vor dem Turm und briet über einem Feuer eine fette Ratte. Er ekelte sich zwar vor diesem Getier, doch außer Wurzeln und Gräsern war das die einzige Nahrung, die sie hier fanden. Und es war noch nicht einmal leicht, die flinken Nager zu fangen.

Bill schaute Joe eine Weile zu und stieg dann nach oben, um zu prüfen, ob sich endlich der Nebel lichtete. Er starrte missmutig auf die undurchdringliche graue Wand hinter dem Graben.

Plötzlich flatterte aus einem Gesträuch ein großer schwarzer Vogel auf ihn zu und setzte sich vor ihn auf eine Turmzinne.

Bill überlegte, ob er dieses Rabenvieh mit der bloßen Hand erwischen könnte, um ihm den Hals umzudrehen, aber das schien aussichtslos. Er machte eine Handbewegung und wollte den aufdringlichen Vogel verscheuchen, doch der flog nicht weg, sondern krächzte: „Lass das, ihr werdet mich brauchen."

„Einen Vogel wie dich? Wozu?"

„Damit ich euch einen Weg aus dem Nebel zeige", erwiderte der Rabe.

Bill horchte auf.

„Das würdest du tun?", fragte er misstrauisch.

„Natürlich nicht umsonst", erwiderte der Vogel.

„Hab ich's mir doch gedacht", sagte Bill. „Was willst du für einen solchen Dienst haben?"

Der Vogel plusterte sich etwas.

„Die Hälfte von dem, was ihr vom Affenhügel mitgenommen habt. Gold und Edelsteine."

„Die Hälfte von unserem Gold?", fragte Bill erstaunt. „Ich glaube, du bist verrückt. Weshalb sollten wir all die Strapazen auf uns genommen haben, wenn nicht wegen der Schätze. Und was willst du, ein lächerliches Federvieh, überhaupt damit anfangen?"

„Du nennst mich Federvieh", erwiderte der Rabe, „doch ich allein kann euch aus eurer schlimmen Lage befreien. Ihr habt nicht auf Miruandas Warnung gehört, deshalb hat sie euch hierher gelockt und euch das Nebelungeheuer geschickt. Wenn ich, der Schattenrabe, euch nicht den Weg durch den Sumpf weise, seid ihr verloren. Das Gold und die Edelsteine aber dienen mir in meinem Dunkel als Sonne. Schon lange warte ich auf eine Gelegenheit, an den Schatz zu gelangen."

„Da geht es dir wie uns“, knurrte Bill. „Aber wenn du glaubst, wir seien verloren, hast du dich geirrt. Miruanda und ihr Volk werden bald sterben. Bestimmt sind wir dann von dem Nebel erlöst.“

Der Vogel lachte keckernd.

„Warte nur darauf, warte“, krächzte er. „Der Zauberspruch Miruandas wirkt über ihren Tod hinaus.“ Nach diesen Worten erhob er sich und flatterte davon wie ein Gespenst.

Bill stieg die Treppen zu seinem Bruder hinab und berichtete ihm von der sonderbaren Begegnung.

„Was fällt diesem Raben ein, uns den Schatz abluchsen zu wollen“, rief er empört.

„Du hättest immerhin mit ihm verhandeln können“, entgegnete Joe, „vielleicht hätte er sich letztendlich mit ein paar Dukaten zufrieden gegeben.“

Bill, der einsah, dass sein sonst nicht gerade schlauer Bruder Recht hatte, murmelte:

„Er ließ mir ja gar keine Zeit zum Verhandeln. Bestimmt kommt er noch einmal zurück.“

Am nächsten Tag, sie hatten gerade ihren bitteren Wurzeltee geschlürft und ein paar Rattenknochen abgenagt, schwebte der Schattenrabe ein zweites Mal heran.

„Nun, habt ihr es euch überlegt?“, fragte er.

„Ja, ja, wir haben über deine Worte nachgedacht“, erwiderte Bill. „Vielleicht können wir uns einigen. Wenn du mit drei Goldstücken und zwei Edelsteinen zufrieden wärst, würden wir dein Angebot annehmen. Das ist doch kein schlechter Lohn, oder?“

Der Vogel ließ ein verächtliches Keckern hören.

„Kommt nicht in Frage“, entgegnete er.

Joe sagte schnell:

„Sechs Goldstücke und vier Diamanten.“ Man sah, dass ihm dieses Angebot schwer fiel.

Ohne eine Antwort wollte sich der Schattenrabe in die Luft erheben, deshalb rief Bill:

„Also gut, die Hälfte.“

„Ihr habt zu lange gezögert, der Preis ist gestiegen. Jetzt will ich alles", schnarrte der Vogel.

„Du hässlicher Aasgeier", brüllte Joe, „dir werd ich's zeigen!" Er griff nach einem Knüppel, um den Raben zu erschlagen. Doch der war schon aufgeflogen und flatterte mit höhnischem Krächzen davon.

Joe war außer sich vor Wut.

„Hat man so was schon erlebt", schrie er und hieb mit dem Knüppel durch die Luft. „Was bildet der sich ein. All unsere Schätze! Eher will ich hier krepieren, als sie diesem Wurmfresser zu überlassen."

Bill bebte gleichfalls vor Empörung, zwang sich jedoch zur Ruhe.

„Wir sollten es trotzdem nicht mit dem komischen Vogel verderben", sagte er, „sonst fressen wir in ein paar Tagen selber Würmer. Besser ist es, zum Schein auf seinen Vorschlag einzugehen. Wir versprechen ihm, was er will, doch wer soll uns zwingen, unser Versprechen zu halten, wenn wir den Sumpf erst mal durchquert haben."

Joes Zorn flaute sofort ab.

„Donnerwetter, du bist wirklich gerissen. Ja, genau so werden wir's machen."

Sehnsüchtig warteten die beiden nun, dass der Rabe wieder auftauchte, doch es dauerte zwei Tage und zwei Nächte, bis er endlich zurückkam. Er setzte sich auf einen großen Stein, plusterte sich auf die übliche Art und fragte spöttisch:

„Na, wie fühlt ihr euch?"

Bill spielte den Zerknirschten.

„Können wir denn nicht wenigstens ein paar von unseren Goldstücken und Edelsteinen behalten?", murmelte er.

„Ihr gebt mir alles, sonst seht ihr eure Hütte nie wieder."

„Also gut“, sagte Bill. „Du springst sehr hart mit uns um, aber bevor wir elend zu Grunde gehen, versprechen wir es. Die Schätze sind schon gepackt. Führe uns.“

Der Vogel hatte offenbar nichts anderes erwartet.

„Das geht nicht so einfach“, krächzte er, „ihr müsst noch einen Moment ausharren.“ Er flog davon und kehrte nach einer Weile mit einer langen Schnur im Schnabel zurück. Zu einem Baum am Rand des Sumpfes flatternd, verlangte er:

„Jetzt kommt her und bindet das eine Ende an diesem Stamm fest.“

„Was soll das werden?“, fragte Joe, der nichts begriff.

„Ich fliege mit dem anderen Ende zu einem Mooshügel im Sumpf und warte dort auf euch. Wenn ihr der Schnur folgt, kann euch nichts passieren“, erklärte der Schattenrabe.

„Und dann?“, wollte Bill wissen.

„Sobald ihr bei mir angekommen seid, bindet ihr das zweite Ende fest. Ich kehre zurück und löse die Schnur. Mit dem Anfang fliege ich wieder voraus. So durchquert ihr sicher den Sumpf.

Die Brüder fragten sich, ob sie dem Raben trauen konnten, aber ihnen blieb keine Wahl. Außerdem würden die Schätze unwiederbringlich verlorengehen, falls er sie beide im Morast sitzen ließ, und das konnte nicht in seiner Absicht liegen. Aus diesem Grund huckte sich Bill den Drahtkäfig mit dem Gold auf und Joe griff nach einem Weidenkorb, den er in der Zwischenzeit gefertigt und mit den übrigen Kostbarkeiten gefüllt hatte. Dann banden sie, wie verlangt, die Schnur an dem Baum fest und betraten vorsichtig einen schwankenden Pfad, der mitten in den Sumpf führte.

AUF DEM WEG ZU DEN BIENEN

Dickhaut strebte im Trab dem Urwald entgegen. Auf seinem Rücken saßen Betty Strubbelhaar, der Scheuch und der Eiserne Holzfäller. Die drei hielten sich an dicken Stricken fest, die um den Leib des Elefanten geschlungen waren. Sie hatten sich schnell von den Strapazen im Irrwischwald erholt und nur ein Ziel: den Smaragdenbienen zu helfen. Sie schaukelten in luftiger Höhe dahin und freuten sich, gut voranzukommen. Selbst dem Eisenmann, der noch nie im Leben geritten war, gefiel diese Art der Fortbewegung.

Zugleich erzählte er den Freunden von seinen Erlebnissen im Tal der Fragen.

„Was haltet ihr von den Auskünften, die mir die Eichhörner gegeben haben?“, wollte er wissen. „Auf meine Frage nach dem Schatz sagten sie: ‚Zur Hälfte vergraben, zur Hälfte verbannt, in Miruandas Nebelland‘.“

Der Scheuch strengte sein Hirn wieder einmal so an, dass die Nadelköpfe hervortraten.

„Der Schatz könnte zur Hälfte von den Großohr-Brüdern vergraben sein, und dass Miruanda die Königin der Bienen ist, wissen wir ja von den Affen. Aber was mit der anderen Hälfte des Goldes passiert sein soll, kann ich mir nicht recht vorstellen. Auch mit dem Nebelland weiß ich wenig anzufangen.“

„Es gab noch eine zweite Antwort“, fügte der Holzfäller hinzu. „Sie lautete: ‚Güte, Mut und Klugheit führen dich, mit dem Nebelungeheuer sprich‘.“

„Vielleicht beweisen diese Worte, dass wir richtig gehandelt haben, als wir uns entschlossen, den Bienen gemeinsam zu helfen“,

erwiderte nun Betty. „Die Tapferkeit des Löwen, deine Güte und Freundlichkeit, lieber Holzfäller, und auch die Klugheit meines Mannes werden wir bei unserem Vorhaben gut gebrauchen können.“

„Mein Wissen ist eher bescheiden“, wehrte der Scheuch ab, obwohl er sich ein wenig geschmeichelt fühlte.

„Es gibt Situationen, wo ich noch besser helfen könnte“, entgegnete zurückhaltend der Holzfäller.

Dickhaut hatte bisher nur zugehört, er schmunzelte bei diesem Gespräch in sich hinein. Dann sagte er aber:

„Was das Nebelungeheuer angeht, so kennt man es im Tierreich. Es taucht an unterschiedlichen Orten auf und hüllt alles in klebrigen Dunst. Wehe, wenn man nicht aufpasst. Man gerät in einen Sumpf oder stürzt von einem Felsen. Nur dass man mit ihm sprechen kann, habe ich noch nie gehört.“

„Warten wir ab, bis wir am Affenhügel sind“, erwiderte Betty zuversichtlich. „Dort werden wir das Rätsel schon lösen.“

Plötzlich ertönten laute Trompetenstöße. Sie waren an der Schlucht angelangt, die eine Weile zuvor die Großohr-Brüder durchquert hatten. Der Scheuch fragte:

„Was ist das? Eine Elefantenherde?“

„Nie und nimmer“, erwiderte Dickhaut, „unser Trompeten klingt viel melodischer.“

„Es hört sich so traurig wie ein richtiges Klagelied an“, sagte Betty.“

„Stimmt“, gab Dickhaut zur Antwort, „ein wenig verstehe ich diese Sprache trotz allem. Wenn ich es richtig deute, sind das Blumen, die das Wegbleiben der Smaragdenbienen bedauern.“

Sie kamen zu den Bäumen mit den Kürbisfrüchten, die den Großohr-Brüdern solche Schwierigkeiten bereitet hatten. Der

Elefant umging sie, indem er sich einen Weg am Rand der Schlucht suchte. Mit Staunen beobachteten die vier dann das Herannahen der Riesenschmetterlinge, hüteten sich aber, ihnen in den Weg zu kommen.

Als die großen Insekten trunken davongetaumelt waren, begann ein Teil der Trompetenblumen erneut einen Klagegesang. Offenbar waren sie besonders auf die Bienen angewiesen.

„Es wird wirklich Zeit, dass wir den Bienen helfen“, sagte der Holzfäller mitfühlend.

„Hoffentlich ist es noch nicht zu spät“, erwiderte Prinzessin Betty.

Sie erreichten den Urwald und näherten sich dem Bach der Gläsernen Fische, von dem ihnen die Affen ebenfalls erzählt hatten. Plötzlich hörten sie aus einem Baumwipfel über ihnen ein lautes Schmatzen. Der Elefant störte sich nicht weiter daran, aber der Scheuch starrte neugierig ins Geäst. Warnend rief er:

„Vorsicht, da hängt ein mächtiges Spinnennetz.“

„Du hast Recht und es erinnert mich an jemanden“, stimmte der Holzfäller zu.

Das Schmatzen verstummte und ein braunes haariges Tier, groß wie ein Kaninchen, aber mit sechs Beinen, tauchte im Blattwerk auf. Es kaute an einem Riesenschmetterlingsflügel, den es mit seinen Vorderpfoten gepackt hielt.

„Da sieh mal einer an, der Eiserne Holzfäller in meinem Wald!“, sagte die Spinne. „Wenn man diese blecherne Stimme nur einmal gehört hat, erkennt man sie überall wieder.“

„Meine Freunde dagegen scheinst du nicht wiederzuerkennen, Minni“, erwiderte überrascht der Eisenmann.

„Wer sagt das? Glaubst du etwa, ich hätte vergessen, wie die Strohpuppe neben dir in meinem Netz zappelte?“

„Hoffentlich denkst du auch noch daran, wie Mia dich überlistet und der Löwe dir seine Tatze auf den Rücken gesetzt hat“, entgegnete der Scheuch.

„Ich bin nicht böse, dass ihr die beiden zu Hause gelassen habt“, murrte Minni.

„Dafür darf ich dir jetzt unseren Freund Dickhaut vorstellen“, fuhr der Scheuch fort.

„Sehr erfreut“, verkündete die Spinne. „Mit Elefanten hatte ich noch nie Ärger, denn sie sind zu groß für mein Netz. Andererseits fressen sie hauptsächlich Grünzeug, weshalb wir uns nicht ins Gehege kommen.“

„Das kann ich bestätigen.“ Dickhaut hob zur Begrüßung kurz den Rüssel.

„Wir haben dich seinerzeit im Violetten Land getroffen“, mischte sich Betty Strubbelhaar wieder ein, „wieso bist du jetzt hier?“

„Warum denn nicht“, gab Minni zur Antwort, „ich hatte euch doch erklärt, dass ich mir die Welt anschauen will. Der Platz in diesem Wald ist übrigens wunderbar. Hier fliegen einem die schmackhaften Braten direkt in den Mund." Sie biss herzhaft in den Schmetterlingsflügel.

Der Holzfäller, der eine Weile geschwiegen hatte, drängte darauf, weiterzugehen.

„Es war schön, dich getroffen zu haben, Minni", sagte er, „aber wir müssen zum Affenhügel. Zwei Spitzbuben haben den Smaragdenbienen einen Schatz gestohlen."

Die Spinne horchte auf.

„Zwei Spitzbuben? Hat der eine etwa rechts, der andere links ein Ohr, groß wie eine Untertasse?"

„Genau so ist es. Die Großohr-Brüder. Bist du ihnen begegnet?"

„Ja, sie sind mir über den Weg gelaufen", entgegnete Minni. „Sie wollten sich mit mir anlegen. Hätte ich mir nicht gerade den Bauch vollgeschlagen gehabt, sie wären nicht so glimpflich davongekommen."

„Hatten sie etwa den Schatz dabei?", wollte der Scheuch wissen. „Hast du Gold blitzen sehen?"

„Schätze interessieren mich nicht, aber ich glaube, sie hatten nur Werkzeug und irgendwelche Käfige mit. Sie wollten angeblich Gläserne Fische fangen. Es ist schon einige Tage her."

„Dann waren sie erst auf dem Hinweg", sagte Betty. „Schade, sonst hätten wir eine Spur von dem Gold gehabt. Doch das mit den Fischen muss vor dem Raub gewesen sein, es war nur eine List. Die beiden sind offenbar sehr gerissen."

„Sie sollen mir bloß noch mal vors Netz laufen, dann werden wir sehen, wer gerissen ist", knurrte die Spinne.

EINE GUTE IDEE

Am Affenhügel wurden die vier bereits sehnsüchtig erwartet. Jessica und der Tapfere Löwe waren schon einen Tag hier, sie hatten sich mittlerweile bemüht, etwas über den Verbleib der Großohr-Brüder herauszufinden, aber vergeblich.

„Sie müssen sich davongestohlen haben, als wir alle durch ihr schreckliches Getränk betrunken waren und schliefen", sagte Stoppelkopf. „Dort, wo der Bienenstock war, haben sie eine ziemliche Verwüstung angerichtet. Von den Bienen, die noch am Leben sind, ist allerdings nichts herauszubekommen. Sie scheinen von dem Schock ganz wirr im Kopf."

Schwierig war die Situation auch deshalb, weil die Rückseite des Hügels und das Gebiet dahinter in dichtem Nebel lagen. Noch bevor der Löwe und Jessica eingetroffen waren, hatte sich diese weiße Wand gebildet und war nicht mehr gewichen.

„Versucht ja nicht, in den Dunst einzudringen", waren alle von Stoppelkopf gewarnt worden, „mit dem Ungeheuer ist nicht zu spaßen."

Der Löwe und Jessica konnten das nur bestätigen, doch wenn die Freunde etwas erreichen wollten, mussten sie die Spur der Brüder hinter dem Hügel aufnehmen. Dort hatte der Schatz gelegen und von dort hatten sie das Gold zweifellos weggeschleppt.

Da die Affen und die Bienen keine Auskunft geben konnten, erinnerte der Holzfäller wieder an die Worte der Eichhörner im Tal der Fragen:

„‚Güte, Mut und Klugheit führen dich, mit dem Nebelungeheuer sprich.' Vielleicht ist das die Lösung", sagte er. „Wir müssen uns mit diesem Wesen aus weißem Dunst unterhalten, um etwas zu erfahren."

„Gut und schön, doch wie willst du das anstellen?", fragte Betty Strubbelhaar.

„Wir sollten auf den Hügel steigen und nach dem Ungeheuer rufen", erwiderte der Eisenmann.

Den anderen fiel nichts Besseres ein und so stimmten sie zu. Gemeinsam kletterten sie auf die Hügelkuppe und riefen nach dem Nebeltier. Aber das ließ sich weder sehen noch hören.

„Wie sieht dieses Ungeheuer überhaupt aus?", fragte Jessica.

„Die Alten beschreiben es als einen Kraken mit vielen weißen Fangarmen", erklärte der Löwe. „Ich selbst habe es nur manchmal von weitem gesehen, wie es mit wallendem Mantel über die Wiesen kroch."

Der Scheuch hatte eine Idee.

„Gut, dass du die Wiesen erwähnst, Löwe. Vielleicht sollten wir nicht hier oben nach ihm rufen, sondern in die Niederungen gehen. Dorthin, wo der Nebel am dichtesten ist."

„Aber das ist sehr gefährlich", wandte der Löwe ein. „Dort werden wir uns unweigerlich verirren. Außerdem rosten bestimmt die Gelenke des Holzfällers."

„Das stimmt", gab der Scheuch zu, „doch wir brauchen ja nicht alle hinabzusteigen. Betty und ich könnten das allein machen."

„Und wenn ihr im Sumpf landet?", entgegnete der Holzfäller. „Wie sollen wir euch dann helfen?"

„Sei unbesorgt, wir passen schon auf. Damals im Muschelmeer, als das Seemonster alles getrübt hatte, haben wir uns ja auch zurechtgefunden."

„Das war etwas anderes, da waren die Delphine in der Nähe", entgegnete der Holzfäller.

„Wir könnten durch Rufe in Kontakt bleiben", schlug Jessica vor.

„Nein, nein, das Nebelungeheuer schluckt alle Laute", widersprach der Löwe.

„Dann nehmen wir eben die Seile, die um Dickhauts Leib geschlungen sind, und knüpfen sie aneinander", sagte Jessica wieder. „Wir binden sie oben an einem Ast fest und nehmen das andere Ende in die Hand. Das reicht bestimmt bis ins Tal."

Sie wussten nicht, dass ungefähr um die gleiche Zeit der Schattenrabe die Großohr-Brüder auf ähnliche Weise durch den Sumpf lotste. Vielleicht gab es ja wirklich nur diese Möglichkeit.

Nachdem sie das Seil zusammengeknüpft und noch durch ein paar Lianen verlängert hatten, zogen Betty und der Scheuch los. Obwohl der Löwe dagegen war, setzte Jessica es durch, dass sie sich anschließen durfte. Das Seil in der einen Hand, tasteten sich die drei den Hügel hinab. An der Stelle, wo die unterirdische Schatzkammer geborsten war, klaffte eine Lücke und sie verweilten einige Zeit in der Höhle. Betty fand einen goldenen Ring am Boden und legte ihn sorgsam auf eine Steinplatte.

„So bewahren wir wenigstens eine Winzigkeit von dem Schatz", sagte sie.

Je weiter sie ins Tal stiegen, desto dichter wurde der Nebel. Er wallte über ihnen, umschloss sie, drang ihnen durch die Kleider. Als sie kaum noch die Hand vor Augen sehen konnten und Gras unter den Füßen spürten, hielten sie an. Übrigens ging es auch nicht mehr weiter – der Strick war zu Ende.

Der Scheuch legte die Hände als Schalltrichter an den Mund und rief:

„Nebelungeheuer, wo bist du? Wir möchten mit dir sprechen."

Dunst wogte über ihren Köpfen, wurde dünner und verdichtete sich wieder, doch keinerlei weißes Wesen zeigte sich.

„Bitte nimm Gestalt an“, rief nun Betty. „Wir kommen als Freunde. Wir wollen den Bienen helfen.“

Der Nebel hob und senkte sich, er floss auseinander und schob sich wieder zusammen, aber es kam keine Antwort.

Jessica, die inzwischen doch ein wenig Angst bekommen hatte, flüsterte:

„Bitte spann uns nicht so auf die Folter. Wenn du nicht mit uns redest, wissen wir nicht, wo wir den Schatz suchen sollen. Dann müssen wir unverrichteter Dinge wieder gehen.“

Plötzlich wurde der milchige Dunst zu einer grauen Masse mit einem runden Kopf und unzähligen Schlangenarmen. Das Nebeltier sah wie der Krake Prim aus, nur dass es nicht so schön lila war und viel, viel größer. Es wogte hin und her, es umschloss die drei mit seinen Fängen, es beugte sich über sie, als wollte es sie auffressen, und glotzte sie an. Mit einer Stimme, die wie Regen über sie hinrauschte, fragte es:

„Ihr seid wirklich hierher gekommen, um dem Bienenvolk zu helfen?“

Die drei waren erschrocken zurückgewichen, denn so gewaltig hatten sie sich das Ungeheuer nicht vorgestellt. Andererseits flößte ihnen die eher sanfte Stimme und die Ähnlichkeit mit Prim Vertrauen ein.

„Natürlich“, erwiderte der Scheuch eifrig, „wir versuchen immer zu helfen, wenn jemand in Not ist. Der Seekönigin vom Muschelmeer zum Beispiel haben wir gegen das Seemonster zur Seite gestanden und den Zwinkerern gegen die Hexe Bastinda. Hier kommt noch hinzu, dass die Großohr-Brüder, die den Schatz geraubt haben, aus unserer Gegend stammen. Sie haben getan, als wären sie von mir geschickt, dem Herrscher der Smaragdenstadt. Das kann ich unmöglich auf mir sitzen lassen.“

Das Ungeheuer hatte Mühe, diesen Worten zu folgen.

„Du redest und redest“, sagte es, „aber was wollt ihr genau von mir?“

Nun mischte sich Betty ein.

„Wir haben gehört, dass der Goldschatz innerhalb der nächsten Tage an seinen alten Platz zurückgebracht werden muss“, erklärte sie. „Um das zu erreichen, müssen wir die Großohr-Brüder finden. In diesem Nebel gelingt uns das aber nicht. Bitte lass dich in einer anderen Gegend nieder.“

„Vielleicht hast du die Brüder ja auch gesehen und kannst uns einen Hinweis geben“, fügte Jessica mutig hinzu.

Das Ungeheuer schien zu überlegen. Es war anscheinend etwas langsam im Denken.

„Wer sagt mir denn, dass ihr den Schatz nicht selber an euch bringen wollt“, murmelte es schließlich.

„Einen Ring, den ich vorhin fand, habe ich sofort an die alte Stelle zurückgelegt“, erwiderte Betty. „Außerdem haben wir den Elefanten Dickhaut und den Tapferen Löwen bei uns. Sie regieren das Tierreich und würden uns den Kopf abreißen, wenn wir dem Bienenvolk Schaden zufügen.“

Das Nebeltier begann auseinanderzufließen.

„Na gut“, brummte es, „ich will mit Miruanda sprechen. Wir sind alte Bekannte und ich habe ihr nur einen Gefallen getan. Damit sich diese Spitzbuben nicht einfach davonschleichen, habe ich die Gegend hinter dem Hügel mit meinem weißen Mantel zugedeckt. Den kann ich liegen lassen oder wieder an mich nehmen. Kehrt auf den Hügel zurück, ihr werdet von uns hören.“

„Aber beeil dich, es bleibt nicht mehr viel Zeit“, rief Jessica noch, denn sie hatte ihre Furcht inzwischen endgültig abgestreift.

Das Nebeltier hatte sich bereits aufgelöst. Die Arme waren ineinandergeflossen, der Kopf mit den großen Augen zu einer milchigen Wolke geworden. Als dichtes Gespinst breitete es sich erneut über Wiesen und Dornengesträuch aus.

BILLS LIST

Bill und Joe tasteten sich an der Schnur entlang Schritt um Schritt durch den Sumpf. Der Schattenrabe hatte immerhin Wort gehalten – er führte sie, einmal mehr nach links, einmal mehr nach rechts, über ziemlich festen Grund dem anderen Ufer zu. Nur als Joe leichtsinnig wurde und ein kleines Stück vom Pfad abwich, versank er plötzlich bis zu den Knien im Morast. Vor Schreck schrie er laut auf, so dass sein Bruder, der voranging, sich jäh umwandte. Er kehrte um und reichte ihm die Hand, um ihn herauszuziehen. Dabei hielt sich Bill an einem der Sträucher fest, die hier überall wuchsen. Er zerstach sich die Finger und begann laut zu fluchen. Unter großen Anstrengungen zog er Joe schließlich aus dem saugenden Schlammloch.

„Pass doch auf", rief er, „oder willst du jämmerlich im Dreck ersticken."

„Ich dachte, die Stelle ist sicher", erwiderte Joe, „da wuchs jede Menge Gras."

Der Vogel hatte den Unfall mitgekriegt und flatterte eilig herbei.

„Seid ihr verrückt?", krächzte er. „Beinahe hättet ihr mein Gold in den Sumpf gekippt."

In der Tat hatte Joe Mühe gehabt, seine Kiepe mit den Schätzen festzuhalten. Wie durch ein Wunder war kein Ring, kein mit Edelsteinen besetzter Armreif und noch nicht einmal eine Dublone herausgefallen.

Bill erwiderte ärgerlich:

„Ist das alles, was du zu sagen hast? Mein Bruder ersäuft fast und du denkst nur an das Gold!"

„Ach was, habt euch nicht so", entgegnete der Rabe. „Früher

oder später erwischt es euch sowieso, diese Schätze aber sind einmalig und ewig."

Joe fluchte leise vor sich hin und Bill knirschte vor Wut mit den Zähnen, doch beide schwiegen. Noch war der Augenblick nicht gekommen, da sie dem hässlichen Vogel seine Frechheit heimzahlen konnten. Erst als er wieder davongeflattert war, murmelte Bill:

„Warte nur ab, du Miststück, bis wir diesen Sumpf hinter uns gebracht haben!"

Sie entfernten sich immer weiter von der Turmruine und auch der Nebel blieb hinter ihnen zurück. Nur ein leichter Dunst lag über dem Schlammwasser, den Grashöckern, Büschen und kleinen Bäumen. Von Zeit zu Zeit fiel eine stachlige Frucht von den Zweigen in den Morast und wurde im Handumdrehen eingesaugt. Luftblasen stiegen auf, Wasser gluckste und bunte Libellen schwirrten um ihre Köpfe.

„Zum Glück sind das keine Smaragdenbienen", stöhnte Joe. „Denen wären wir jetzt schutzlos ausgeliefert."

„Mir reichen die Mücken, die einen hier piesacken“, erwiderte mürrisch Bill, denn vom Sumpf hoben ganze Schwärme von Mücken ab und stürzten sich auf die einsamen Wanderer.

Die Brüder rissen einige Zweige ab und versuchten die Mücken damit zu vertreiben. Das gelang allerdings mehr schlecht als recht und so waren sie heilfroh, als der Vogel endlich erklärte:

„Noch eine Schnurlänge, dann habt ihr das rettende Ufer erreicht. Dort drüben bekommt ihr wieder festen Boden unter die Füße.“

„Dann nichts wie hin“, rief Joe. „Hier ist es ja nicht mehr auszuhalten.“

Sie warteten darauf, dass der Schattenrabe die Schnur zum letzten Mal spannte, doch der hatte es keineswegs eilig.

„Moment“, schnarrte er, „hier ist genügend Platz und sicherer Grund, um die Schätze abzuladen. Ich trau euch nämlich nicht über den Weg. Wenn ihr mit dem Zeug erst drüben seid, betrügt ihr mich bestimmt um den Lohn.“

Genau das hatten die Brüder vorgehabt. Erst einmal in Sicherheit, wollten sie dem Vogel keinen einzigen Diamanten und keine Unze Gold übergeben. Es fiel ihnen schwer, sich ihre Enttäuschung nicht anmerken zu lassen.

„Sehen wir denn wirklich so heimtückisch aus?“, fragte Bill scheinheilig. „Um aus dieser Hölle herauszukommen, würden wir inzwischen viel mehr opfern als diese Schätze, das kannst du uns glauben.“

Der Vogel keckerte höhnisch.

„Euch glaube ich nicht so viel, wie ich im Schnabel davontragen kann.“

Joe sagte: „Wir sollen wirklich alles hier abladen? Wie willst du es denn in dein Nest bringen oder wo du sonst haust?“

Der Schattenrabe erwiderte:
„Das lass meine Sorge sein. Ich habe zahlreiche Verwandte, die mir bei dieser Aufgabe gern helfen werden.“

Was sollten die Großohr-Brüder machen? Schweren Herzens begannen sie, Geschmeide, Gold und Edelsteine aus ihren Körben in das störrische Riedgras zu kippen, das an dieser Stelle wuchs. Als das geschehen war, krächzte der Vogel:

„Jetzt leert auch noch eure Taschen aus.“

„Weshalb bist du nur so gierig“, beschwerte sich Bill, „was hier liegt, müsste dir doch genügen.“

„Was mir genügt, musst du schon uns überlassen. Ich sagte euch ja, dass wir viele sind.“

Joe rief:„Ich leere die Taschen nicht aus. Wenn wir nichts mehr haben, führst du uns wahrscheinlich mitten in den Sumpf und lässt uns dort ersaufen.“

Der Vogel kratzte sich mit der Kralle unter dem Flügel.

„Es stimmt, ich habe an eine solche Möglichkeit gedacht.“

„Das ist die Höhe“, schrie Joe, „er gibt es auch noch zu.“

„Aber ich will dem Nebelungeheuer nicht allzu sehr ins Handwerk pfuschen“, fuhr der Rabe fort. „Vielleicht erwartet es euch dort drüben wieder und würde es übelnehmen, wenn ihr nicht ankämt. Wer weiß, was es noch mit euch vorhat. Ihr könnt euch darauf verlassen, ich halte mein Versprechen und bringe euch rüber.“

„Ich vertraue diesem Halunken trotzdem nicht“, schimpfte Joe.

Bill schien anderer Meinung. Zur Verblüffung seines Bruders leerte er schweigend seine Taschen, zog und schüttelte sogar die Jacke aus, um auch das letzte Goldstück ins Gras zu befördern. Dabei blinzelte er seinem Bruder allerdings verschwörerisch zu.

„Na, mach schon“, sagte er, „wir müssen uns mit unserer Lage abfinden.“

Der Schattenrabe war erfreut, dass die Dinge so günstig für ihn liefen. Er krächzte zufrieden und näherte sich aufgeregt den Schätzen, die sich da am Boden türmten. Schließlich konnte er sich nicht mehr zurückhalten und setzte sich auf den Goldhaufen. Jede Vorsicht vergessend, grub er glücklich den Schnabel in Münzen und Juwelen.

Auf diesen Augenblick hatte Bill nur gewartet. Mit einem Sprung war er bei dem Gold und warf seine Jacke über den Vogel. Jetzt wurde klar, weshalb er sie ausgezogen hatte.

Der Rabe war vollkommen überrascht. In letzter Sekunde wollte er davonflattern, doch es war zu spät. Er verfing sich im Futter der Jacke und bekam weder Kopf noch Flügel frei. So laut er auch kreischte, Bill wickelte ihn nur fester in das Kleidungsstück.

„Bravo, das hast du gut gemacht“, rief Joe und schlug sich vor Begeisterung auf die Schenkel. „Gib ihn her, ich dreh ihm den Hals um, diesem Mistvieh.“

Bill dachte gar nicht daran, die Jacke mit dem Vogel aus der Hand zu geben.

„Und wer soll uns aus dem Sumpf helfen, he?“, fragte er. „Manchmal könnte man meinen, du hast dein bisschen Verstand in einer der Schänken gelassen, in denen du dich herumtreibst.“

Joe brummte beschämt:

„Du hast ja Recht. Aber was machen wir dann mit ihm?“

„Das wirst du gleich sehen.“

Bill klemmte das Bündel zwischen die Beine, holte ein Messer aus der Hosentasche und schnitt von der Schnur, an der sie sich bisher entlanggetastet hatten, ein Stück von doppelter Armlänge ab. Nachdem er einen Fuß des Vogels aus dem Futter der Jacke befreit hatte, knüpfte er ein Ende der Schnur daran fest. Dann murmelte er:

„Begreifst du jetzt?“

„Du willst ihn im Schlammwasser schwimmen lassen“, erwiderte Joe.

„Unsinn, er soll nur vor uns her hüpfen. Das andere Ende halte ich fest, damit er nicht weg kann. Jetzt sammle unser Gold wieder ein!“

Er band das andere Ende der Schnur an einem Ast fest und öffnete die Jacke weiter. Dann warteten sie ab. Joe belud den Drahtkorb und die Kiepe erneut mit den Schätzen.

Der Rabe, der ohnmächtig geworden war, kam wieder zu sich. Er begriff nicht gleich, was geschehen war, und ächzte:

„Das ist nicht meine Baumhöhle im Finsterforst. Wo bin ich?“

„Du bist noch immer bei den Großohr-Brüdern im Sumpf“, erklärte Bill ruhig. „Aber die Lage hat sich gründlich zu deinen Ungunsten gewandelt. Jetzt bist du unser Gefangener und wirst tun, was wir befehlen.“

Statt einer Antwort wollte sich der Vogel davonschwingen. Er kam bloß nicht weit. Kaum hatte er abgehoben, stürzte er, von der Schnur gehalten, auf den Boden zurück.

„Damit das klar ist“, sagte Bill. „Wenn du uns hacken willst oder irgendwelche Mätzchen versuchst, ersäufen wir dich im Moor. Vielleicht dreht Joe dir auch den Hals um, er ist ganz scharf darauf.“

„Hätte ich euch bloß nicht geholfen“, krächzte der Rabe wütend.

„Geholfen?“, schrie Joe. „Du wolltest nichts als unser Gold.“

Der Vogel zerrte an der Schnur und hackte mit dem Schnabel danach, um freizukommen, doch Bill kühlte seine Wut mit einem Schwall Moorwasser ab.

„Ich hab gesagt, keine Mätzchen“, zischte er. „Du wirst uns aus dem Sumpf führen! Das ist deine einzige Chance, mit dem Leben davonzukommen."

Dann zog er seine Jacke wieder an, stopfte die Taschen mit Gold voll und nahm den Korb auf den Rücken. Joe tat es ihm gleich.

„Kann's losgehen?", fragte Bill.

Der Bruder nickte.

Bill band das Ende der Schnur vom Baum los und wickelte es zur Sicherheit mehrmals um seine linke Hand.

„Überleg dir, was du tust", sagte er zu dem Raben. „Wenn du uns austricksen willst, wirst du mit zu Grunde gehen. Bringst du uns dagegen ans Ufer, lassen wir dich frei und du bist wieder dein eigener Herr."

Der Vogel flatterte los, ohne seine Gegner einer Antwort zu würdigen.

DIE BEGEGNUNG MIT DER FEE

Prinzessin Betty, der Scheuch und Jessica waren zur Hügelkuppe zurückgekehrt, indem sie sich an den zusammengebundenen Stricken entlangtasteten. Die anderen erwarteten sie bereits und der Löwe rief:

„Was ist mit dem Nebelungeheuer? Hat es sich gezeigt?"

Die drei berichteten. Als Jessica das weiße Tier mit den Krakenarmen beschrieb und erzählte, es sei viermal größer als Dickhaut, sagte der Holzfäller:

„Und du hattest keine Angst?"

„Ein bisschen schon, vor allem anfangs. Doch ich glaube, wenn man vernünftig mit ihm umgeht, tut es einem nichts."

„Na gut, aber wird uns das Ungeheuer helfen?", fragte der Elefant.

„Das hoffen wir", erwiderte der Scheuch, „es will mit Miruanda sprechen."

„Sobald es sich aus der Gegend hinter dem Hügel zurückzieht, suchen wir nach den Großohr-Brüdern", ergänzte Betty.

„Bis dahin müssen wir leider noch etwas Zeit verstreichen lassen", sagte wieder der Scheuch.

Sie richteten sich aufs Warten ein, was Jessica freilich schwer fiel. Um sich die Zeit zu vertreiben, lief sie hinunter zu den Affen und begann mit den Affenkindern Verstecken zu spielen. Zwar hatten ihr die Freunde geraten, nicht tiefer in den Wald zu gehen, doch das vergaß sie bald. Sie rannte immer weiter, kroch ins Gebüsch und in Erdhöhlen, um nicht entdeckt zu werden. Sie war ganz von dem Spiel gefangen, doch plötzlich, als sie gerade hinter einen dicken Baum huschen wollte, leuchteten ihr zwei grünliche Augen entgegen. Ein Jaguar fauchte sie an.

Die Affenkinder flohen kreischend in die Baumwipfel, Jessica aber verharrte erschrocken, wagte nicht, sich zu rühren. Sie brachte auch keinen Laut heraus.

Der Jaguar knurrte drohend:

„Ich habe dich noch nie hier gesehen. Wer bist du und was suchst du in meinem Jagdrevier?“

„Ich ... ich bin Jessica aus Co... Colorado. Ich bin mit meinen Freunden hier, um den Smaragdenbienen zu helfen.“

Der Jaguar wollte das nicht gelten lassen.

„Du lügst. Ich habe gesehen, wie du hinter den Affen her warst. Du wolltest sie fangen. Aber das sind meine Beutetiere und niemand wird sie mir wegschnappen.“

„Ich will dir nichts wegschnappen, das ist ein Irrtum. Die Affenkinder und ich, wir spielen nur Verstecken“, sagte Jessica schnell.

„Verstecken spielen?“ Der Jaguar kniff die Augen zusammen. „Dann bist du also kein Jäger, sondern selbst eine Beute für mich. Das kommt mir gerade recht, denn ich habe großen Hunger.“

Jessica wurde es mehr als ungemütlich, jetzt bereute sie, vom Hügel weggelaufen zu sein. Doch was sollte sie machen? Um Hilfe rufen? Bevor der Tapfere Löwe oder der Eiserne Holzfäller herbeigeeilt wären, hätte der Jaguar ihr seine Zähne in den Hals geschlagen.

„Lass mich bitte laufen“, murmelte sie. „Mein Fleisch schmeckt abscheulich. Ich bin keine Mahlzeit für dich.“

„Das werde ich merken, wenn ich dich gekostet habe“, erwiderte der Jaguar.

Er konnte jede Sekunde zum Sprung ansetzen. In ihrer Verzweiflung schrie Jessica nun doch auf und bückte sich nach einem Knüppel. Vielleicht würde das Raubtier von ihr ablassen, wenn sie ihm eins auf die Nase gab. Sie bekam den Stock auch

zu fassen und richtete sich im Nu wieder auf. Zu spät allerdings, um zuzuschlagen. Der Jaguar schnellte bereits nach vorn.

In diesem Moment geschah ein Wunder. Ein weißer Blitz flammte auf und blendete das Raubtier, so dass es mitten im Sprung innehielt. Als wäre es mit der Nase gegen eine unsichtbare Wand geprallt, klatschte es zu Boden. Inmitten eines glitzernden Lichtkreises aber erschien eine grünlich schimmernde Frauengestalt. Von Schleiern umhüllt und feingliedrig, schwebte sie in der Luft.

„Lass ab", sagte die Frau, die ein ernstes, ja trauriges Gesicht hatte, zu dem Jaguar. „Sie steht unter meinem Schutz."

Das Tier, leicht benommen, ließ ein Winseln hören. Die feenhafte Erscheinung war ihm unheimlich.

„Du brauchst keine Angst zu haben, ich will dir nichts Böses", fügte die Frau hinzu. „Aber geh jetzt und such dir eine andere Beute."

Rückwärts kriechend, zog sich der Jaguar zurück und verschwand zwischen hohen Farngewächsen. Jessica murmelte:

„Danke, das war wirklich Rettung in letzter Minute."

„Du bist kein Affenkind. Du kannst nicht sorglos im Urwald herumtollen", sagte die Frau. „Passt denn niemand auf dich auf?"

„Alle passen sie auf mich auf", erwiderte Jessica. „Der Tapfere

Löwe, der Holzfäller, Dickhaut, der Scheuch und Betty. Aber sie sind am Hügel und warten, dass sich das Nebelungeheuer zurückzieht."

„Ich weiß. Trotzdem sollten sie besser Acht geben und du solltest ihnen nicht weglaufen. Na, komm jetzt, wir gehen zu ihnen."

„Bist du die Fee Miruanda", fragte Jessica schüchtern, „der wir den Schatz zurückholen wollen?"

„Ja, das bin ich, du hast es erraten."

„Du bist sehr schön", sagte Jessica bewundernd. „Genauso schön wie die Königin vom Muschelmeer. Nur viel, viel leichter und durchsichtiger."

Ein Lächeln überzog das Gesicht der Frau, doch sie antwortete nicht, sondern glitt lautlos durch die Bäume dem Hügel zu. Jessica rannte schnell hinterher.

Der Löwe wollte gerade nachsehen, wo das Mädchen blieb, da tauchte sie am Fuß der Anhöhe auf. Gleichzeitig schwebte ein Lichtschimmer auf ihn zu. Miruandas Gestalt erhob sich vor ihm.

„Das Mädchen war in Gefahr", sagte sie.

„Wer will ihr etwas tun? Ich reiße ihm den Kopf ab", brüllte der Löwe, der bei dieser Bemerkung der Fee sogar sein Staunen über ihr Erscheinen vergaß.

„Das hättest du vorher machen sollen. Aber sei beruhigt, sie ist heil und gesund."

Die Freunde, die sich etwas ausgeruht hatten, eilten herbei.

„Bist du Miruanda?", fragte der Scheuch. „Was war los mit Jessica?"

Miruanda erklärte es, doch auch das Mädchen selbst stürmte heran und berichtete aufgeregt, was geschehen war.

„Ich dachte nicht, dass mir die Tiere hier etwas tun würden", entschuldigte sie sich.

„Wir alle hätten Acht geben sollen, wir waren zu sorglos", sagte Betty.

Besonders der Löwe machte ein unglückliches Gesicht und zog beschämt den Schwanz ein. Aber die Fee ließ ihm keine Zeit, sich Vorwürfe zu machen. Stattdessen erklärte sie:

„Ich muss mich bei euch allen entschuldigen. Meine Bienen haben euch bedroht. Sie hielten euch für Feinde."

„Das ist nicht mehr so wichtig“, erwiderte der Scheuch. „Hauptsache, wir finden die Großohr-Brüder.“

„Wir brennen darauf, ihnen den Schatz abzunehmen“, ergänzte eifrig der Löwe und blickte gleich viel unternehmungslustiger drein.

„Das Nebeltier hat mir von euch erzählt“, sagte Miruanda. „Glaubt ihr denn wirklich, dass ihr meinem Volk helfen könnt?“

„Wir werden alles versuchen, euch Gold und Edelsteine zurückzubringen“, entgegnete der Holzfäller. „Das gebietet uns unser Herz.“

„Viele aus meinem Volk sind bereits gestorben“, murmelte Miruanda, „aber es gibt auch Blumen und Sträucher, die zu Grunde gehen, wenn die Bienen nicht mehr zu ihnen kommen. Leider kann ich gar nichts für sie tun.“

„Du hast ja schon etwas getan, du hast das Nebeltier gebeten, die Großohr-Brüder mit seinen starken weißen Armen festzuhalten“, rief Betty Strubbelhaar. „Weißt du vielleicht, wo sich die beiden befinden?“

„Ich habe sie auf die Insel am Sumpf gelockt“, erwiderte die Fee. „Dazu reichte meine Kraft noch. Jetzt jedoch ...“ Ihr Bild in der Luft begann zu flirren und wurde immer durchsichtiger.

„Was ist mit dir?“, fragte Betty bestürzt. Die Fee tat ihr so leid, dass sie am liebsten zu ihr gesprungen wäre, um sie in die Arme zu nehmen.

Die anderen waren gleichfalls erschrocken. Miruanda aber kräftigte sich wieder, ihr Bild wurde erneut deutlicher. Sie flüsterte:

„Ich habe viel Energie verbraucht, um vor euch zu erscheinen, und werde vielleicht bald selber sterben. Meine Rettung hängt von der Rettung meines Volkes ab. Die Brüder sind auf der Dorneninsel am Sumpf gefangen. Sie können nicht so schnell weg, selbst wenn der Nebel sich lichtet. Einen Teil des Schatzes haben sie irgendwo vergraben, den anderen bei sich. Ihr müsst beides am alten Ort zusammenfügen."

Damit verschwand sie. ‚Und wo ist diese Insel?', wollte der Scheuch noch fragen, doch er kam nicht mehr dazu. Nur ein letztes grünliches Flimmern lag für einige Sekunden in der Luft.

Dickhaut hob als erster den Kopf. Er stieß einen kurzen Trompetenruf aus und sagte:

„Der Nebel lichtet sich. Vorwärts, verlieren wir keine Zeit!"

„Aber welche Richtung sollen wir einschlagen?", fragte der Holzfäller.

„Ich werde mich bei Stoppelkopf erkundigen, der kennt sich hier am besten aus", schlug der Löwe vor. „Passt inzwischen auf Jessica auf."

„So viel Angst brauchst du nun auch wieder nicht um mich zu haben", wandte das Mädchen ein. „Jetzt bin ich ja nicht mehr allein im Urwald."

Der Löwe rannte hinunter zu den Affen, während die anderen ungeduldig auf der Stelle traten. Endlich kam ihr Freund zurück und erklärte:

„Es gibt zwei Wege. Einer führt durch die Niederung, in der ihr vorhin wart, der andere nach rechts um einen Sumpf herum. Am besten, wir teilen uns."

Das leuchtete allen ein. Während der Löwe, Jessica, der Scheuch und Betty den Pfad durch die Niederung nahmen, gingen Dickhaut und der Eiserne Holzfäller zum Sumpf. Keiner von ihnen ahnte, dass ein Teil des Schatzes in unmittelbarer Nähe am hinteren Hang des Hügels vergraben war.

DER KAMPF MIT DEN RABEN

Die kurze Schnur spannte sich und gab dann wieder nach, der Schattenrabe hüpfte über Schilfhöcker oder setzte sich auf ein Bäumchen, um einen Augenblick zu warten. So gelangten die Großohr-Brüder mit ihrem Gefangenen ans feste Ufer. Einmal nur, als Bill dem Vogel zu hastig folgen wollte, war er mit dem Schuh vom Pfad in den Morast gerutscht, aber er hatte den Fuß schnell wieder herausgezogen. Joe dagegen hatte aufgepasst, dass er kein zweites Mal versank.

Der Rabe hatte erstaunlicherweise nicht versucht, sie hereinzulegen. Er gab auch keinerlei Laut von sich, flatterte vielmehr still und gespenstisch voran. Kaum hatten sie den Sumpf jedoch hinter sich gelassen, krächzte er:

„Nun seid ihr wieder auf sicherem Boden. Lasst mich frei!“

„Nicht so schnell“, erwiderte Bill. „Du kennst dich hier aus, wir dagegen nicht. Erst zeigst du uns noch den Weg aus dieser Einöde!“

„Ihr betrügt mich“, beschwerte sich der Vogel. „So war das nicht ausgemacht.“

„Nenn es, wie du willst“, entgegnete Bill, „jedenfalls fliegst du erst deiner Wege, wenn wir wissen, wie wir gehen müssen.“

„Wo wollt ihr überhaupt hin?“, fragte der Schattenrabe.

„Zum Wildschweinwald, von dort aus finden wir dann selbst zurück ins Land der Käuer.“

„Ich habe keine Ahnung, wo euer Wildschweinwald ist“, murrte der Rabe. „Am besten, ihr geht um den Sumpf herum durch den Forst zum Bach der Gläsernen Fische. Später erreicht ihr den Affenhügel und die Trompetenschlucht.“

„Was denn“, rief Joe, „du willst uns zum Affenhügel schicken?

Das kann unmöglich dein Ernst sein. Von dort sind wir mit dem Schatz aufgebrochen."

„Aber das Käuerland liegt in dieser Richtung", verteidigte sich der Vogel. „Wahrscheinlich hat euch die Bienenfee Miruanda im Kreis geführt."

Joe wollte gleich wieder losschimpfen, doch Bill ließ ihn nicht zu Wort kommen. Er seufzte.

„Der Rabe könnte Recht haben", sagte er. „Ich habe schon lange den Verdacht, dass wir die ganze Zeit genarrt worden sind. Wie's aussieht, haben wir noch einen weiten Weg vor uns."

„Hoffentlich kommt ihr nie an", krächzte der Vogel. Er konnte seinen Ärger und seine Enttäuschung nicht länger zurückhalten.

„Deine frommen Wünsche kannst du dir für später aufheben", erwiderte Bill. „Wir werden den Weg nehmen, den du genannt hast. Aber du kommst noch ein gutes Stück mit uns."

Das gefiel dem Vogel natürlich nicht. Er begehrte auf, hackte nach den Brüdern und wollte sich losreißen. Einige Schläge mit einer Gerte brachten ihn zur Vernunft.

„Das werdet ihr noch bereuen", quarrte er.

„Ja, ja, jetzt aber vorwärts", sagte Bill.

Wieder ging es voran, doch auf festem Boden schritten die Brüder kräftiger aus. Zwar drückten die Schätze auf Schultern und Rücken, aber die Aussicht, endlich der Heimat entgegenzueilen, verlieh ihnen Flügel. Sie ließen den Sumpf mit der Insel hinter sich und näherten sich dem Forst, von dem der Schattenrabe gesprochen hatte. Er ragte dunkel vor ihnen auf.

Plötzlich stiegen von den Tannen dort mehrere schwarze Vögel auf und begannen über den Brüdern zu kreisen. Die beiden schenkten ihnen zunächst keine Beachtung, aber als ihr Gefangener, den sie nach wie vor fest an der Schnur hielten, zu krächzen begann, wurden sie aufmerksam. Es war, als ob die Vögel oben antworteten. Außerdem wurden es immer mehr.

„Was wollen die“, fragte Joe den Raben, „weshalb zetern sie so?“

„Es sind Bekannte“, erwiderte der Vogel, „sie bedauern mich.“

„Das sollen sie ruhig“, freute sich Joe, „du bist nicht zu beneiden.“

Bill dagegen wurde unruhig. Die Vögel flogen jetzt tiefer. Sie schwebten in Baumeshöhe als schwarze Wolke über ihnen.

„Sag deinen Bekannten, sie sollen bleiben, wo sie sind“, befahl er dem Raben. „Sonst dreh ich dir den Hals um.“ Er nahm die Axt zur Hand, die ihnen geblieben war, und wies Joe an, sein Messer bereitzuhalten.

Doch es war schon zu spät. Unvermittelt und mit höllischem Gekreische gingen die Schwarzfedern zum Angriff über. Sie stürzten herab, fielen zu Dutzenden über die Brüder her. Gezielt hackten einige nach Bills Hand, mit der er seinen Gefangenen an der Schnur hielt.

Bill und Joe, durch ihr schweres Gepäck behindert, gerieten in Panik. Joe konnte sich ja noch einigermaßen schützen – er warf seine Kiepe ab, hielt den linken Arm vors Gesicht und fuchtelte mit der Rechten, die das Messer hielt, wild in der Luft herum. Bill jedoch musste heftige Schnabelhiebe hinnehmen. Zwar brüllte er laut, um die Vögel abzuschrecken, schlug mit der Axt nach ihnen und erwischte sogar einige, aber er wurde auch selbst verwundet. Er blutete im Gesicht und an den Händen. Zunächst versuchte er den Schattenraben, der nun gleichfalls auf ihn losging, noch festzuhalten, doch dann begriff er, dass er beide Fäuste zur Verteidigung brauchte. Sonst würden die Vögel ihn töten. Wütend riss er sich die Schnur vom Handgelenk und gab seinen Gefangenen frei. Er warf auch den Korb mit den Schätzen auf die

Erde, so dass ein großer Teil herausfiel und sich über den Boden verteilte.

Federn stoben, verletzte Raben taumelten davon oder stürzten zur Erde und für einen Augenblick schien es, als ob die Vögel den Kampf abbrechen wollten, jetzt, da sie ihr Ziel erreicht hatten. Doch dann fielen sie erneut über die Großohr-Brüder her, der Schattenrabe gab das Signal dazu.

„Sie wollen den Schatz“, schrie Bill, „sie geben sich nicht damit zufrieden, dass ich ihren Anführer losgelassen habe. Sie wollen alles.“

„Sie werden uns umbringen“, jammerte Joe. „Lassen wir das Gold liegen und laufen wir weg.“

„Wohin denn? Denen entkommen wir nicht. Wir müssen uns wehren, solange es geht. Nimm den Knüppel dort!“

Joe griff nach dem Knüppel, verlor jedoch das Gleichgewicht und fiel hin. Sofort war ein Schwarm Vögel über ihm. Bill wollte ihm zu Hilfe eilen, wurde aber von den anderen so heftig attackiert, dass er ebenfalls stolperte. Wahrscheinlich wäre es um beide geschehen gewesen, hätte nicht in diesem Moment ein schreckliches Gebrüll den Kampfeslärm übertönt. Mit mächtigen Sätzen stürmte ein großes Tier heran.

Die Rabenschar stob verblüfft und erschrocken auf. Selbst ihr Anführer, der noch immer die Schnur am Fuß hatte, erhob sich und flatterte auf einen Baum.

„Was war das?“, fragte Joe, dessen großes linkes Ohr laut dröhnte. Blutend und an allen Gliedern zerschunden, richtete er sich halb vom Boden auf und fuhr entsetzt zurück. Er schaute einem ausgewachsenen Löwen ins Gesicht.

DER HALBE SCHATZ

Der Scheuch, Betty Strubbelhaar, Jessica und der Tapfere Löwe waren dem Pfad gefolgt, den ihnen der Affe Stoppelkopf gewiesen hatte. Zunächst ging es ein Stück durch den Urwald, dann an Dornenhecken vorbei über freies Gelände zum Sumpf. Jessica, am ungeduldigsten von allen, eilte immer ein paar Schritte voraus, doch der Löwe ließ sie nicht aus den Augen. Sie sollte nicht noch einmal in Gefahr kommen.

„Wo ist denn nun diese Insel mit der Turmruine?", fragte das Mädchen schon nach wenigen Minuten.

„Nur Geduld", gab der Scheuch zur Antwort, „wir sind ja noch gar nicht am Sumpf."

„Und wenn die Großohr-Brüder schon weg sind? Wenn sie einen Zaubertrog gefunden haben, so wie wir an den Weltumspannenden Bergen?"

„Das ist ziemlich unwahrscheinlich", sagte der Scheuch. „Gingema hat solche Tröge bestimmt nicht wahllos verteilt. Die Berge waren eine Ausnahme."

„Außerdem fände sich der Trog bei Nebel vielleicht nicht zurecht", vermutete Betty.

Sie gelangten zum Sumpf und wussten nicht weiter.

„Links oder rechts", fragte der Scheuch, „wozu hat der Affe geraten?"

„Links, glaube ich, nein, rechts", erwiderte der Löwe. „Ich dachte, von hier aus könnte man den Turm schon sehen."

„Du hast es vergessen", tadelte der Scheuch.

„Na ja. Genau weiß ich es nicht mehr", gab der Löwe kleinlaut zu.

Sie stellten sich auf die Zehenspitzen und Jessica versuchte sogar auf einen Baum zu klettern. Dennoch entdeckten sie die Turmruine nicht.

„Wir sind noch zu weit weg“, stellte Jessica enttäuscht fest.

In einiger Entfernung schnürte ein Fuchs vorbei. Der Löwe rief: „He, du da. Wo geht es hier zur Insel mit dem Turm?“

„Was wollt ihr dort?“, fragte der Fuchs zurück. „Kaninchen fangen? Auf dieser Insel gibt es nur Ratten.“

„Wir suchen jemanden. Zwei Männer, die einen Schatz geraubt haben. Hast du sie zufällig gesehen?“

„Ich habe niemanden gesehen. Was ist das, ein Schatz? Kann man ihn essen?“

„Man kann ihn nicht essen“, knurrte der Löwe ungeduldig. „Wo finden wir nun die Insel, links oder rechts?“

„Wenn ihr nicht in den Sumpf geraten wollt, geht links am Finsterforst entlang“, erklärte der Fuchs. Dann fügte er hinzu: „Ihr habt nicht zufällig eine Gans dabei?“

„Meinst du, wir schleppen Gänse in der Gegend herum?“, mischte sich der Scheuch ein. Er schüttelte den Kopf über so viel Unsinn.

„War ja bloß eine Frage“, murrte der Fuchs, „ihr wollt ja auch alles Mögliche wissen.“ Damit verschwand er im Gebüsch.

„Diese Füchse haben nichts als ihr Fressen im Kopf“, brummte missbilligend der Löwe.

„Immerhin wissen wir jetzt, dass wir uns links halten müssen“, sagte Betty. „Und ich glaube, da vorn ist auch schon dieser Finsterforst.“

Tatsächlich ragten, nicht weit entfernt, hohe schwarze Tannen auf. Sie setzten sich wieder in Bewegung und nach kurzer Zeit rief Jessica:

„Jetzt ist die Turmspitze zu sehen. Dort muss die Insel liegen."

Alle blickten nach rechts, wohin Jessicas Finger wies. Grau hob sich hinter Büschen und Sumpfgewächsen der obere Teil eines alten Gemäuers ab. Weit konnte es bis zu dem Graben, der die Insel vom Festland trennte, nicht mehr sein.

Plötzlich ertönte von der anderen Seite her, vom Rand des Forstes, Geschrei und der Scheuch sagte:

„Schaut mal dort drüben. Was ist das für ein Getümmel?"

„Das sind Vögel", erwiderte Betty. „Sieht aus, als würden sie von jemandem gefüttert."

„Die werden nicht gefüttert", widersprach der Scheuch. „Sie fallen über irgendwelche Leute her. Wir müssen helfen."

„Du hast Recht", unterstützte ihn der Löwe, der bessere Augen hatte. „Da scheinen Menschen in Not zu sein. Stehen wir ihnen bei."

Er jagte los und die anderen folgten ihm. Der Löwe erreichte die Stelle als erster. Bei seinem Erscheinen ließen die schwarzen Vögel von ihren Opfern ab und flatterten kreischend auf die umliegenden Bäume.

Der Löwe betrachtete erstaunt die beiden Männer, die von der Rabenschar angegriffen worden waren. Sie hockten am Boden, bluteten aus verschiedenen Wunden und zitterten vor Schreck. Offenbar nahmen sie an, das Raubtier hätte die Vögel nur verjagt, um selber an die Beute zu gelangen.

„Habt keine Angst", sagte der Löwe, „ich will euch nicht fressen. Wir haben von weitem gesehen, wie übel die Raben euch mitspielten, und wollten ..."

Er unterbrach sich, denn im gleichen Moment fiel sein Blick auf die Schätze, die am Boden verstreut lagen. Auch die Freunde, die inzwischen heran waren, schauten gebannt mal auf die schlimm zugerichteten Männer, mal auf Gold und Edelsteine.

Der Scheuch konnte sich nicht zurückhalten. Er kniete sich hin und vergrub die Hände in den Kostbarkeiten.

„Das ist ja Miruandas Schatz“, murmelte er.

„Und diese beiden sind niemand anderes als die gemeinen Großohr-Brüder, derentwegen wir uns auf den Weg gemacht haben“, ergänzte Prinzessin Betty. Sie zeigte auf Joes unförmigen linken und Bills untertassengroßen rechten Hörlöffel.

Der Löwe fand seine Worte wieder.

„Sie haben es also geschafft, die Insel zu verlassen. Da sind wir ja gerade noch zur rechten Zeit gekommen.“ Er stieß ein kurzes befriedigtes Brüllen aus.

„W–was wollt ihr von uns?“, stotterte Bill, der sich zuerst gefasst hatte. „Wir kennen euch nicht und haben euch nichts getan.“

„Uns nicht“, sagte der Löwe. „Aber was ist das hier?“ Er zeigte auf das Gold.

„Ein paar Kleinigkeiten“, entgegnete Bill. „Wir haben sie gefunden und sie gehören uns. Die Vögel wollten sie uns wegnehmen.“

Als Antwort gab ihm der Löwe einen kleinen Tatzenhieb, der ihn erneut zu Boden warf. Jessica aber rief empört:

„Was für Lügner ihr doch seid! Ein paar Kleinigkeiten? Ihr habt den Schatz geraubt und es war euch ganz egal, dass dadurch das fleißige Volk der Smaragdenbienen zu Grunde geht. Mitsamt seiner Königin, der Fee Miruanda.“

Der Scheuch fügte hinzu:

„Außerdem habt ihr getan, als wärt ihr von mir losgeschickt worden. Die Bienen waren verwirrt und haben meinen Ersten Minister, den freundlichen Din Gior, gestochen. Er wäre fast gestorben.“

„Ihr habt die Affen betrunken gemacht und ihnen Schaden zugefügt“, knurrte der Löwe.

Die Großohr-Brüder begriffen, dass sie durchschaut waren. Sie erkannten den Weisen Scheuch und wagten keine Antwort mehr.

„Was wollen wir mit ihnen machen?“, fragte der Löwe.

Betty sagte:

„Wir dürfen nicht vergessen, dass wir den Schatz an den alten Ort bringen müssen, bevor auch noch die letzten Bienen sterben. Die beiden sollen zusammenpacken, was sie geraubt haben, dann kehren wir zum Hügel zurück.“

Joe jammerte:

„Ich bin schwer verwundet, ich kann nichts mehr schleppen.“

„Dann jag ich dich in diesen Finsterforst“, brüllte der Löwe. „Dort werden dir die Raben endgültig den Garaus machen.“

Eine halbe Stunde später waren alle erneut unterwegs. Die vier Freunde hatten darauf geachtet, dass auch der kleinste Edelstein und das letzte Goldstück wieder eingesammelt wurden. Die Vögel, vor allem der Schattenrabe, sahen voller Ärger zu, wie die Kostbarkeiten davongetragen wurden, die sie schon in ihrem Besitz geglaubt hatten. Aber gegen den Löwen waren sie machtlos.

Bill und Joe hatten sich notdürftig das Blut von Gesicht und Händen gewischt. Sie trotteten mit verkniffener Miene dahin. Joe murrte:

„Hätte ich mich nur nicht auf diese Geschichte eingelassen. Du bist an allem Schuld. Du mit deinen großartigen Plänen."

Bill zischte leise:

„Sei bloß still, du Feigling. Wer nichts wagt, gewinnt nichts. Irgendwann lassen die uns bestimmt laufen." Und in Gedanken fügte er hinzu: Dann holen wir uns wenigstens das, was wir vergraben haben.

Als könnte Betty Gedanken lesen, sagte sie:

„Wir wissen übrigens, dass ihr nur einen Teil des Schatzes bei euch habt. Ihr werdet uns noch verraten müssen, wo der Rest liegt."

„Den Rest haben wir am Bach der Gläsernen Fische vergraben", gab Bill schnell zur Antwort. Er hoffte, dass sie nicht sofort dorthin gehen würden und dass er seinen Bewachern vorher entwischen könnte.

ZWEI MÄUSE

Dickhaut und der Eiserne Holzfäller waren quer über die Wiesen zur Insel unterwegs. Der Weg war kürzer, aber sie hatten Zeit verloren, weil der Eisenmann vorher unbedingt erneut zur Ölkanne greifen musste.

„Es hat keinen Zweck, wenn bei mir durch die Feuchtigkeit in den Niederungen alles einrostet“, erklärte er. „Dann würden wir noch mehr Zeit verlieren.“

Nach dem Einölen kamen sie schneller voran, denn er schritt jetzt furchtlos durch die kleinen Pfützen, die das Nebeltier bei seinem Rückzug hier und da hinterlassen hatte. Dem Elefanten aber machte die Feuchtigkeit sowieso nichts aus. Er stapfte dahin und richtete den Blick nicht auf den Boden, sondern in die Ferne.

Auf einmal ertönte ein leiser durchdringender Pfiff und eine piepsende Stimme rief:

„He, könnt ihr nicht aufpassen, ihr Trampeltiere? Beinahe hättet ihr Nancy in den Boden gestampft.“

Dickhaut blieb stehen.

„Wer spricht da?“, fragte er und schaute nach unten.

„Na wer schon? Einer, den du kennst. Wir haben erst vor ein paar Tagen miteinander geplaudert, als du auf den Scheuch wartetest.“

„Larry Katzenschreck“, sagte der Elefant. „Was machst du auf dieser Wiese?“

„Ich vertreibe mir die Zeit“, erwiderte Larry. „Im Urwald gibt es zu viele Schlangen und Wildkatzen. Bei aller Schläue, die man so aufbringt – man muss sein Schicksal nicht unbedingt herausfordern. Außerdem war mir klar, dass bald einer von euch hier vorbeikommen würde."

„Wieso denn das?", erkundigte sich Dickhaut.

„Sechzig Ohren hören mehr als zwei", sagte der Mäuserich. „Und falls du nicht gleich weißt, was ich meine, stelle ich dir meine Freundin Nancy vor, die du beinahe getötet hättest. Sie hat achtundzwanzig Geschwister, Neffen und Nichten."

Der Holzfäller schaltete sich ein.

„Larry", rief er, „du bist tatsächlich ins Reich der Fee Miruanda gekommen. Ich freue mich sehr, dich zu sehen."

„Ganz meinerseits. Es wird Zeit, dass ihr endlich auftaucht."

Die zweite Maus zupfte beleidigt an ihrem Fell herum.

„Deine Bekannten scheinen weder Anstand noch Sitte zu kennen", piepste sie. „Sie haben mich fast zerquetscht und noch nicht einmal eine Entschuldigung für mich übrig."

„Verzeihung, mein liebes Fräulein", sagte Dickhaut. „Was beinahe passiert wäre, tut mir sehr leid, aber wir hatten wirklich nicht mit euch gerechnet."

„Hm, ich weiß nicht, ob ich so etwas als Entschuldigung gelten lassen kann", zierte sich Nancy.

„Du solltest sie annehmen", beschwichtigte Larry das Mäuschen. „Soweit ich diesen grauen Koloss kenne, kommen seine Worte von Herzen."

„So ist es, das kann ich durchaus bestätigen und ich schließe mich dem an", sagte der Holzfäller.

„Na gut, meinetwegen", lenkte Nancy ein. „Trotzdem sollten die Großen öfter mal an die Kleinen denken. Oder etwa nicht, Liebster?"

Larry beeilte sich zuzustimmen. Da Dickhaut und auch der Eisenmann zerknirschte Gesichter machten, fügte er aber hinzu:

„Zumal die Kleinen oft sehr nützlich sein können."

„Das klingt, als hättest du Neuigkeiten für uns." Der Holzfäller horchte auf.

„Ich sagte ja, dass sechzig Ohren eine ganze Menge zu hören bekommen", ergänzte Katzenschreck geheimnisvoll.

„Habt ihr vielleicht etwas über den Schatz erfahren?", fragte nun Dickhaut gespannt.

„Den einen Teil haben die Großohr-Brüder weggeschleppt. Sie sitzen auf der Ratteninsel fest."

„Das wissen wir schon. Dorthin sind wir unterwegs", gab der Holzfäller zur Antwort.

„Den anderen Teil haben die beiden vergraben", fuhr Larry fort.

„Stimmt, das hat uns Miruanda gleichfalls mitgeteilt. Aber wo?", wollte der Elefant wissen.

„Wenn ihr Nancy schön darum bittet, wird sie es euch vielleicht zeigen." Larry war etwas enttäuscht, weil die zwei seine Neuigkeiten nicht würdigten.

„Das muss ich mir noch schwer überlegen", piepste Nancy.

Der Holzfäller sagte ernst:

„Hör mal, es geht in diesem Fall nicht um uns, sondern um das arme Bienenvolk. Miruanda hat nur noch wenige Kräfte. Sie wird sterben, wenn wir ihr nicht bald helfen."

„Schon gut", murmelte Nancy, „ich zeig's euch ja."

Sie trippelte los, in die Richtung, aus der die beiden Freunde gerade gekommen waren. Dickhaut sagte:

„Moment, da geht's zurück zum Affenhügel."

„Genau, dorthin wollen wir", erwiderte Larry.

„Vielleicht sollten wir dennoch erst die Großohr-Brüder aufspüren", überlegte der Elefant laut.

„Das schaffen der Scheuch und der Löwe auch ohne uns“, entgegnete der Holzfäller.

„Dann werde ich euch wenigstens tragen, damit wir schneller vorankommen.“

Die Mäuse kletterten dem Holzfäller auf die Schulter, Dickhaut formte seinen Rüssel zu einem Sitz für den Eisenmann und ab ging’s im Trab. Als sie den Hügel wieder erreicht hatten und an seiner Rückseite ein Stück nach oben gestiegen waren, sprang Nancy ab.

„Halt, hier muss es sein“, rief sie.

„Ich sehe nichts. Bist du sicher?“, fragte der Holzfäller.

„Ja. Meine Schwester Lilli wohnte eine Weile hier. Sie hat das Geräusch des Spatens gehört und die Truhe gesehen. Allerdings nur von unten. Leider ist Lilli gestern Nacht tödlich verunglückt.“

„Das ist ja schrecklich“, rief der Holzfäller. „Wie ist denn das passiert?“

Nancy seufzte:

„Eine Schleiereule war's. Mäuseschicksal." Sie legte eine Gedenkpause ein und fügte hinzu: „Doch jetzt wartet einen Augenblick." Sie verschwand in einem Mauseloch und Larry folgte ihr. Gleich darauf tauchten beide ein Stück weiter oben bei zwei kleinen Zitronenbäumen wieder auf.

„Kommt her", rief Nancy, „wir haben die Truhe gefunden!"

Noch konnten Elefant und Holzfäller nichts Ungewöhnliches entdecken, aber als sie ein paar Steine beiseite geräumt und den Boden mit Axt und Rüssel aufgewühlt hatten, stießen sie in der Tat auf den Eichendeckel der Truhe. Sie ganz freizulegen, war kein Problem.

Der Elefant konnte sich nicht enthalten, einmal kurz den Deckel zu öffnen, und mit Staunen blickten die vier auf die in der Abendsonne funkelnden Kostbarkeiten.

„Dass zwei Halunken wie diese Großohr-Brüder die Schätze haben wollten, kann ich gut verstehen", sagte der Holzfäller.

„Bringen wir jetzt alles an den alten Platz zurück." Der Elefant schlug den Deckel zu. Er nahm die schwere Kiste hoch, als sei sie mit Federn gefüllt, und trug sie in Miruandas Höhle. Larry hob den Ring auf, den Betty dort gefunden hatte, und legte ihn zu den Schätzen.

„Die Hälfte der Arbeit ist getan, was machen wir jetzt?", fragte der Eiserne Holzfäller. „Gehen wir zur Ratteninsel?"

„Ihr solltet lieber hier abwarten", riet Larry. „Wenn der Scheuch und die anderen die Großohr-Brüder fassen, kommen sie bestimmt bald zum Affenhügel zurück."

DIE GROSSOHR-BRÜDER WERDEN BESTRAFT

Es ging bereits gegen Mitternacht, als der Scheuch und seine Freunde mit den Gefangenen eintrafen. Dickhaut und der Holzfäller schliefen noch nicht, sie waren viel zu unruhig. Es war ja nicht sicher, ob die Großohr-Brüder wirklich geschnappt wurden.

Der Löwe und die drei anderen wiederum hatten sich gefragt, wo Elefant und Eisenmann die ganze Zeit steckten. Vielleicht waren die beiden auf der Ratteninsel und suchten vergeblich nach den Räubern. Dass sie inzwischen die Truhe entdeckt und herangeschleppt hatten, war dann eine Riesenüberraschung. So hatten alle ihren Anteil am Erfolg und waren sehr glücklich darüber. Auch Larry und Nancy waren stolz darauf, geholfen zu haben.

Zu Bill und Joe aber sagte der Scheuch:

„Da habt ihr uns also zum Schluss noch einmal belogen – das restliche Gold befand sich gar nicht am Bach der Gläsernen Fische. Das verbessert eure Lage nicht gerade."

Die Brüder zitterten vor Furcht. Am liebsten wären sie in ein Mauseloch gekrochen.

„Was machen wir mit ihnen?", fragte der Löwe. „Soll ich ihnen die großen Ohren abbeißen?"

„Ich kann sie ein bisschen durch die Luft wedeln", bot Dickhaut an und schwang seinen Rüssel.

Auf Bettys Vorschlag hin wurden die beiden zunächst an einen Baum gebunden. Dort sollten sie ausharren, bis von Miruanda ein endgültiges Urteil gefällt war. Dann füllten die Freunde die restlichen Schätze in die Truhe und warteten in der Höhle darauf, dass etwas Besonderes geschehen würde.

„Ich bin gespannt, ob die Fee erscheint", sagte Betty. „Hoffentlich ist es nicht schon zu spät und alles war umsonst."

„Bestimmt nicht", erwiderte Jessica zuversichtlich, „vorhin habe ich noch einige Smaragdenbienen oben im Gebüsch gesehen."

Als wären diese Worte ein Signal, ertönte plötzlich ein leises Summen, das immer stärker wurde. Leuchtend grüne Punkte tauchten auf und gruppierten sich links und rechts der Eichentruhe.

„Da sind sie, die Bienen", murmelte der Scheuch.

„Sie haben begriffen, dass der Schatz wieder da ist", bekräftigte der Holzfäller.

Ein leichtes Flirren zeigte sich im Dunkel über der Truhe, ein strahlend grüner Schein breitete sich aus – Miruanda schwebte vor ihnen. Sie war schöner als je zuvor.

„Ihr habt es wirklich geschafft, den für uns so wichtigen Schatz zurückzubringen", sagte sie, „ihr habt uns uneigennützig geholfen. In letzter Minute habt ihr mich und mein Volk gerettet. Wie kann ich euch danken?"

Zunächst schwiegen alle, dann entgegnete der Holzfäller:

„Du brauchst uns nicht zu danken. Es ist wunderbar, dass ihr weiterleben könnt und unsere Bemühungen Erfolg hatten. Das ist uns genug Belohnung."

Alle nickten, nur Jessica murmelte:

„Na ja, eigentlich hat man bei einer Fee drei Wünsche frei. Einen Wunsch hätte ich schon."

„Und der wäre?", fragte Miruanda.

„Ich möchte einmal eine von deinen Bienen streicheln."

Die Fee lachte.

„Wenn's nur das ist, bitte schön." Auf ein Zeichen von ihr glitten zwei der leuchtenden Punkte auf Jessica zu und ließen sich

auf ihrer ausgestreckten Hand nieder. Das Mädchen streichelte ihnen sanft den Rücken. Die Bienen strahlten Wärme aus. Der Smaragdenstaub an ihrem Körper funkelte.

„Ich wünsche mir, dass ihr noch recht lange euren Nektar aus den Blüten saugen könnt“, flüsterte Jessica.

Miruanda sagte:

„Ihr solltet noch wissen, dass ich leider keine Wünsche erfüllen kann. Vor vielen Jahren hat mir die böse Hexe Gingema diese Fähigkeiten genommen, weil ich mich mit meinem Volk gegen sie auflehnte. Sie hat uns an den Ort hier verbannt und gezwungen, den Schatz zu bewachen. Diese Geschichte kennt ihr ja. Durch eure Hilfe können sich meine Bienen erholen und wieder vermehren, doch der Bannspruch ist nicht aufgehoben.“

„Gingema lebt nicht mehr“, wandte Jessica ein. „Elli, die Fee des Tötenden Häuschens, hat sie besiegt.“

„Ich weiß. Dennoch sind wir erst in hundert Jahren wieder ganz frei", erwiderte bedauernd Miruanda.

„Ein bisschen zaubern kannst du jedenfalls noch." Jessica gab sich nicht geschlagen. „Sonst hättest du die Großohr-Brüder bestimmt nicht zur Ratteninsel locken können."

„Richtig, einige meiner Fähigkeiten konnte ich trotzdem bewahren", stimmte die Fee zu. „Zum Beispiel spüre ich jetzt, dass die beiden Diebe dabei sind, sich zu befreien und wegzulaufen."

„Was", rief der Löwe, „diese Banditen versuchen zu entkommen? Das lasse ich nicht zu." Er sprang auf und wollte zur Höhle hinaus.

Miruanda hielt ihn zurück:

„Keine Angst, die zwei werden ihrer Strafe nicht entgehen. Stoppelkopf und seine Affenherde warten schon auf sie. Eine kräftige Tracht Prügel ist ihnen gewiss."

„Da kommen sie noch glimpflich davon", murmelte Dickhaut.

„Könnte schon sein, dass sie am Ende unten im Bach landen", fügte die Fee hinzu. „Die Bisse der Gläsernen Fische tun ziemlich weh."

„Das sollen sie auch", bekräftigte der Scheuch.

„Meine Bienen haben ebenfalls noch ein Hühnchen mit diesen Halunken zu rupfen", fuhr Miruanda fort. „Jetzt, wo sie erneut Kraft und Gift in ihren Stacheln spüren, möchte ich nicht in der Haut der Brüder stecken."

„Sie werden die beiden doch nicht töten?", fragte der Holzfäller. Sein Mitgefühl war bereits wieder erwacht.

„Hätten sie's etwa nicht verdient? Sie haben mein halbes Volk auf dem Gewissen", rief Miruanda erregt.

„Schon ... Dennoch sagt mir mein Herz ..."

„Wir werden sie nicht umbringen“, unterbrach die Fee den Eisenmann. „Sie kriegen nur einen gehörigen Denkzettel.“

Die Freunde schwiegen. Sie fanden das gerecht.

„Jetzt allerdings muss ich mich von euch verabschieden“, erklärte Miruanda. „Sobald ihr die Höhle verlassen habt, wird sich der Berg schließen und der vorherige Zustand eintreten, so will es das Zaubergesetz. Ich hätte gern noch länger mit euch geplaudert, doch der Morgen bricht an und die Zeit drängt. Wenn ihr mich einmal besuchen wollt oder Hilfe braucht, kommt zum Bach der Gläsernen Fische, ich werde da sein.“

„Leb wohl“, sagte der Scheuch im Namen aller.

„Noch eins. Wenn ihr draußen seid, findet ihr am Fuß des Hügels ein Töpfchen Honig. Esst ihr nur einen Fingerhut voll davon, kehrt ihr im Handumdrehen an eure Heimatorte zurück. Das ist mein Abschiedsgeschenk.“

Die Freunde verließen die Höhle. Kaum standen sie draußen, schloss sich der Hügel. Gebüsch und Gras bedeckten die Stelle, wo gerade noch eine Öffnung gewesen war, so groß, dass sich selbst Dickhaut hindurchgezwängt hatte.

Jessica unterbrach als erste das Schweigen.

„Das war mächtig aufregend und zugleich wunderbar“, sagte sie, „ich werde Miruanda nie vergessen.“

„Keiner von uns wird sie vergessen“, stimmte Prinzessin Betty zu, „und es muss ja auch kein Abschied für immer sein.“

DER HONIGTOPF

Als sie den Hügel hinunterliefen, summten zwei Bienen vor ihnen her – vielleicht waren es dieselben, die auf Jessicas Hand gesessen hatten. Sie flogen zu einem Strauch mit goldgelben Blüten und waren verschwunden. Betty bog vorsichtig die Zweige auseinander und hob das Töpfchen Honig hoch, das am Boden stand.

„Das Abschiedsgeschenk der Fee“, sagte sie.

„Wollen wir kosten?“, piepste eine Stimme. Es war Nancy, die genau wie Katzenschreck in der Höhle alles mit angehört hatte.

„Moment“, erwiderte Larry, „wenn ich koste, bin ich ruck, zuck! im Violetten Land. Zwar kann ich dort der dussligen Katze Mia eins auswischen, doch möchte ich lieber noch ein Weilchen hier bei dir bleiben.“

„Aber ja, du hast recht“, rief Nancy, „daran habe ich gar nicht gedacht. „Es wäre schrecklich, wenn du mich schon verlassen würdest.“ Sie nahm gerührt sein Öhrchen zwischen die Zähne.

„Das trifft auf ähnliche Weise auch auf mich zu“, sagte der Holzfäller. „Nachdem unsere Aufgabe erledigt ist, möchte ich gern noch ein paar Tage mit euch verbringen.“

„Natürlich, wir haben uns bestimmt eine Menge zu erzählen“, stimmte der Scheuch zu und die anderen nickten.

Dickhaut machte einen Vorschlag:

„Wie wär’s, wenn ihr alle mit zu uns ins Tierreich kämt? Der Löwe und ich, wir könnten euch huckepack nehmen. Ihr bleibt solange bei uns, wie es euch gefällt.“

Bis auf Larry und Nancy, die nicht vom Affenhügel weg wollten, und ohnehin nur noch Augen füreinander hatten, waren alle einverstanden. Vor allem Jessica war begeistert. Sie schwang sich sofort auf den Tapferen Löwen.

Prinzessin Betty gesellte sich zu ihr, die anderen nahmen eine Etage höher auf Dickhauts Rücken Platz. Sein Rüssel beförderte sie schneller nach oben als jeder Lift.

Dann schleckten der Elefant und der Löwe ein wenig von dem Honig.

Es war, als würden sie von hunderttausend Bienen in die Höhe gehoben und davongetragen. Bevor sie es sich versahen, landeten sie im Tierreich, genau vor den rötlichen Löwenfelsen.

„Wo kommt ihr denn so plötzlich her?", fragte überrascht der Hase Mümmel, der in der Abwesenheit seines Herrschers das Regieren übernommen hatte.

Sie erklärten das Wunder, das ja im Zauberland nicht völlig ungewöhnlich war, und schliefen sich nach all den Strapazen erst einmal gründlich aus.

Ungefähr eine Woche verbrachten sie im Tierreich, danach flogen der Scheuch und Betty in die Smaragdenstadt, der Holzfäller ins Violette Land zurück. Jeder nahm zu diesem Zweck ein Löffelchen Honig zu sich – eine bessere Art, transportiert zu werden, gab es nicht.

Auch Jessica musste Abschied nehmen, es war klar, dass Großvater Goodwin sonst langsam unruhig wurde. Er war übrigens der Einzige im Menschenland, der ihre Erlebnisse nicht für erfunden hielt. Er wusste ja Bescheid.

„Wie ich den Scheuch und seine Freunde kenne, wird das nicht dein letztes Abenteuer mit ihnen gewesen sein", sagte er schmunzelnd, als Jessica alles berichtet hatte.

INHALT

ZAU